5
いのちの食べ方
how to eat life

口絵・本文イラスト：lack

contents

how to eat life

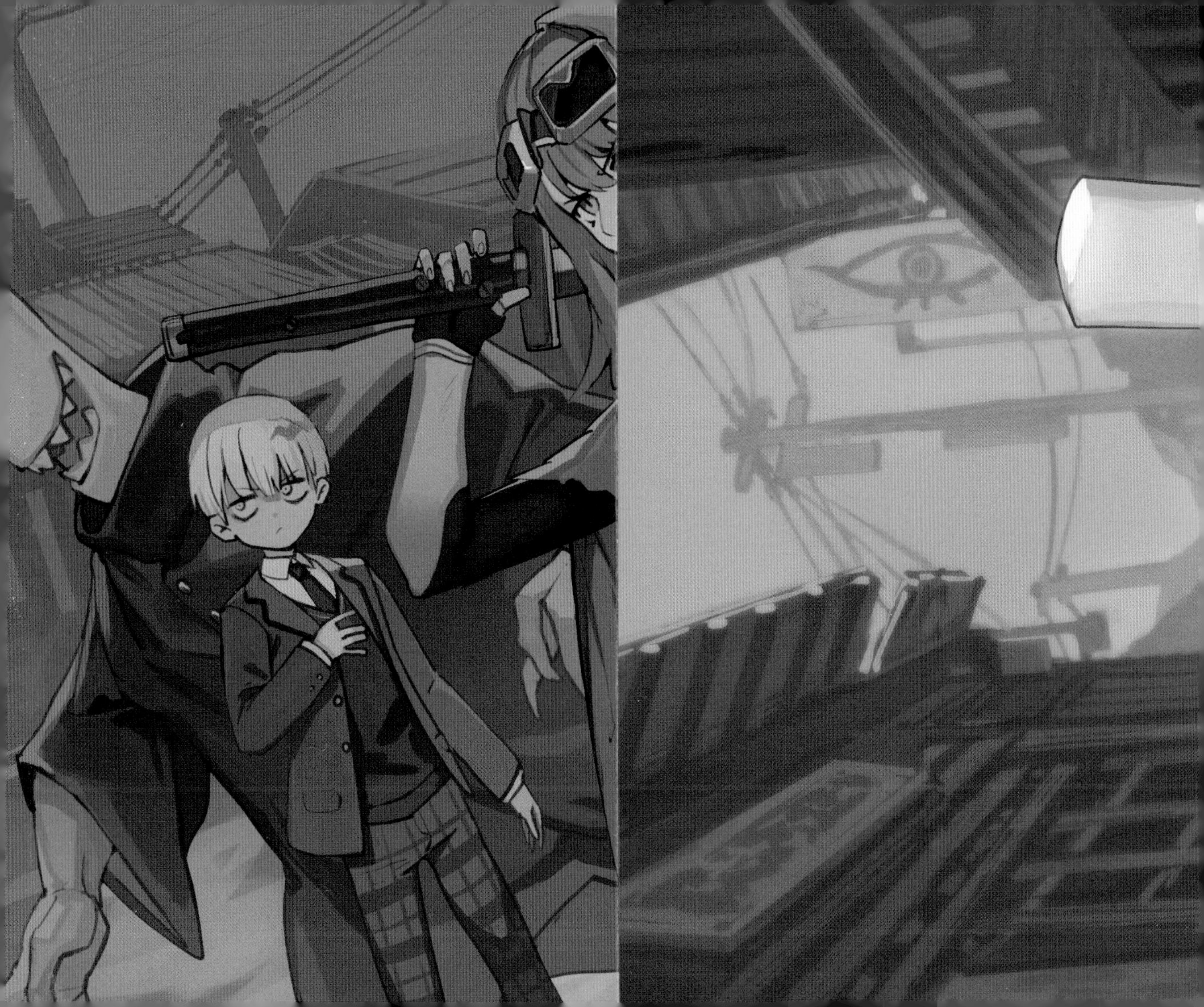

いのちの食べ方 5

十文字 青
原作・プロデュース：Eve

MF文庫J

口絵・本文イラスト●lack

キャラクター原案●まりやす・Waboku

＃１／
一寸先の闇はアンダー
Undergrounded

カーテンが掛かっていた。地下駐車場の壁に、赤いカーテンが。どうしてこんなところに。絶対、変だとは思った。でも、赤べこみたいなやつらや、木堀有希《きぼりゆき》、車の下から溢《あふ》れるように這《は》い出してきた白いものたち、愛田日出義《あいだひでよし》、巨大な肉塊に追われていて行き場がない。飛《とび》は吸い寄せられるように赤いカーテンめがけて走り、手をかけてめくった。

カーテンの向こうには通路が延びていた。ずっと先のほうで、ランプか何か、橙色《だいだいいろ》の光が灯《とも》っているものの、暗くてどこまで続いているのか定かじゃない。このわけのわからない場所に逃げこむべきなのか。飛とバクはためらったが、オルバーが脇目も振らず突っこんでいったので、踏ん切りがついた。

カーテンをくぐって、オルバーのあとを追おうとしたら、バクに制止された。

「——待てッ！」

バクはなぜ飛を止めたのか。飛もすぐ理解した。

通路の先に誰かいる。かなり図体《ずうたい》がでかい。火のついた煙草《たばこ》を持っているのか。バチバチ音がして、火が大きくなった。紙巻き煙草じゃなくて、太い葉巻だろうか。誰かが葉巻を吸っている。

はっきりと見えたわけじゃない。ただ、葉巻の火に照らされた顔は明らかに人間のものじゃなかった。

象だ。鼻が高いというか、長い。象に似ている。

バクが飛を背に庇《かば》った。

「テメエ――どこのどいつだッ!?」

「わっしぁ、闇二囁九蔵《やみにささやくぞう》……」

どう考えても人間じゃない。ということは人外だろう。象に似た顔を持つ人外は、また葉巻を一吸いして、いやに眠たそうな目をしばたたかせた。

「そっちのほうこそ、どこの何もんぞ」

答えたほうがいいのか。飛は一瞬たりともそんなことは考えなかった。バクの脇をすり抜けて、走った。

「飛……ッ!?」

バクもついてくる。ヤミニササヤクゾウだか何だか知らないけれど、飛はその人外めがけて突進した。人外は動かない。もし人外がぴくりとでも動いたら、飛は思わず急停止していたかもしれない。それか、回れ右していたか。

飛は人外にぶつかりはしなかった。葉巻を吸っている人外の左横を通りすぎてから、全身が冷たくなって震えがきた。飛は「おぉぉ……」と妙な声を漏らしながら駆けつづけた。バクは「ウオォォォ……!」と叫んでいた。振り返りたいが、振り返れない。

大丈夫――だった？　あの人外、飛とバクを止めようともしなかった。名乗られて、どこの何ものだと訊《き》かれたのに、強行突破というより、完全に無視してしまった。

「だだだッ、大胆だな、飛《とび》、おまえ……ッ」

「っ――」

飛は バクに何か言い返そうとしたが、言葉が出てこない。

「追ってこねえぞ、アイツ!?　何だったんだ……!?」

「知らないよ……!」

やっとそれだけ返した。でも、本当に追いかけてこないのか。人外だとは思うけれど、敵なのか味方なのか、敵でも味方でもないのか、そのあたりも含めて正体不明だ。追いかけてこないわけだから、敵ではないということだろうか。

「オルバーは……――」

そうだ。オルバーはどこにいるのか。捜さないと。オルバーを呼ぼうとしたら、後ろのほうが騒がしくなった。足音か。広い空間じゃない。通路なのでやたらと響く。あの人外なのか。やっぱり追ってくるのか。でも、この音からすると、一人じゃないような気がする。赤べこや愛田《あいだ》、木堀《きぼり》たちか。飛は振り向いた。だめだ。暗くて見えない。

「くそっ……」

「オイ、飛、なんかあるぞ……!?」

バクが言った。前に向き直り、目を凝らして見ると、通路の両側にドアが並んでいる。ほとんど真っ暗なのに、なぜそこにドアがあるとわかるのか。蛍光塗料にブラックライトを照射したときのように、暗闇の中でドアの形が仄《ほの》かに浮き上がっているのだ。

「いっぱいある――」

左右の壁に、一つや二つじゃない。もっとだ。四つか五つ、いや、六つか。ドアが六つずつ並んでいる。

「オルバー！」

バクが叫んだ。左手の手前から三番目のドアのところで、何かが動いている。低い位置だ。ドアに体をぶつけているらしい。オルバーなのか。

飛は三番目のドアの前まで走ってゆくと、屈《かが》みこんでオルバーらしきものをつかまえた。それは暴れて逃げようとする。イタチみたいな体形だ。間違いない。オルバーだ。

「どうした、オルバー」

「ひょっとして、灰崎《はいざき》がいるんじゃねえのか!?」

「バクの言うとおりなのか……？」

オルバーが飛の腕からするりと抜けだして、何かに飛びついた。どうやらドアから筒状の物体が出っぱっているらしい。オルバーはそれに絡みついているようだ。

「ノブだ……！」

飛はオルバーを抱えこんで、ノブを掴《つか》んだ。回るだろうか。回った。開きそうだ。飛はドアを開けた。明るい。目がくらむほどじゃないが、照明が灯《とも》っている。部屋だ。オルバーがまた飛《とび》の腕から脱出して、部屋の中に駆けこんでゆく。

足音がやかましい。追っ手はおそらく、けっこうな数だ。飛とバクはどちらからともなく部屋に入った。ドアを閉める。鍵は？　ある。これはたしか、サムターン錠、というのだったか。ツマミがあって、それを回すことで施錠できる。飛はツマミを回してドアに鍵をかけ、あらためて部屋の中を見回した。

「いえっ……？」

仰天して、ついおかしな声を発してしまった。

部屋自体はわりと普通というか、広さは三メートル四方くらいで、高さ二メートル半程度の天井から電球が一つ吊《つ》り下《さ》がっていて、飾りつけも何もない、ただの部屋――とは言いがたいか。地下駐車場から延びる通路の先だから、ここも地下のはずだし、窓がないのは当然だろう。代わりにドアがある。飛たちが入ってきたドアだけじゃない。四面の壁それぞれに、ドアが一つずつある。つまり、この部屋にはドアが四つもあるのだ。

もっとも、ドアが多すぎるだけだったら、飛もそこまで驚きはしなかった。

「なッ……何だ、ありゃあ!?」

バクが身構えた。オルバーは部屋の真ん中あたりで毛を逆立てている。

飛は一つ息をつき、部屋の隅っこで身を寄せあっている謎の存在を見つめた。何なのだろう。わからない。わかるはずがない。とりあえず、置物ではなさそうだ。微妙に動いている。あれに似たものを挙げるとしたら、キノコだろうか。いいや、キノコよりはクラゲか。体は半透明で、内臓的なものがピンク色に淡く光り、足が一本、二本、三本……五本あって、その足で立っている。クラゲは海の生き物だけれど、あれは地上にいる。地下か。大きさは、飛の腰よりもやや低い。ぜんぶで何体いるのか。三体か。四体だろうか。

「……まあ、人外？」

「いやァ、そいつは……」

バクは首をひねった。

「どうなんだ？」

「僕に訊《き》かれても……」

「一見、無害そうだけどよ。オレら人外とは、どうも違うような……」

「バクがそう言うなら、そう――なのかな」

「責任は持てねえけどなッ！」

「そんな堂々と言うようなこと……？」

「ムッ。飛、オルバーが――」

さっきまで部屋の中央付近で五本足クラゲたちを威嚇するような姿勢をとっていたオルバーが、ドアに体当たりしはじめた。入ってきたドアの正面にあるドアだ。

飛とバクがそっちに向かうと、オルバーが振り返って、ひゅいっ、と鳴いた。

「オォ？　開けろってか？」

バクがドアのノブに手をかけた。回そうとする。がたがたするだけで、回らない。

「クッソ、鍵が掛かってやがる！」

「だったら、別のドアを――」

飛《とび》は向かって左のドアを試してみることにした。このドアのノブは回った。

「開く！　オルバー、バク！」

「オウッ！」

「きゅっ！」

左のドアを開けると、また部屋だった。広さと天井の高さはだいたい同じか、まったく同じかもしれない。やはりドアが四つある。床にカーペットが敷かれていて、壁は赤い。天井の照明は棒状の蛍光灯だ。

そして、あれがいる。

部屋の隅に、五本足クラゲたちが。

この部屋の五本足クラゲは、三体が部屋の片隅に集まっていて、少し離れたところにもう一体いた。その一体は、飛がドアを開けると、三体集まっている五本足クラゲたちのほうに移動しはじめた。五本の足をうねうねさせて、そうゆっくりでもない、かといって素早くもない、何とも言えない速度だ。

「だから、何なんだよッ!?」

　バクがわめいた。

「キレられても！」

　飛は通路に面しているはずのドアに駆け寄り、サムターン錠のツマミを回して施錠した。追っ手がこのドアを開けて入ってくるかもしれないと思ったのだ。念のため、バクとオルバーが赤い部屋にいることを確かめて、最初の部屋とのドアも施錠しておいた。

「まっすぐ行きたかったけど行けなくて、左に行ったから……」

　飛は最初の部屋へと通じるドアから見て右のドアを開けた。このドアも鍵はかかっていなかった。ノブを回すと開いた。

「うっ――」

　今度の部屋も広さや天井高は同じで、ドアが四つある。ただし、最初の部屋とも、赤い部屋とも様子が少し違っていた。床がフローリングで、壁も木目調だ。天井からはランタンのような照明器具が吊《つ》り下《さ》げられている。

　多い。五本足クラゲが。かなり多い。部屋を埋め尽くしていると言ったら大袈裟《おおげさ》だけれど、四十体か五十体ほどもいそうだ。

　しかも、この部屋の五本足クラゲたちは、隅に寄っているのではなく、あちこちにいる。止まっていない。どの五本足クラゲも漂うように動いている。

「無害そうではあるけどな……!?」

バクはフローリング部屋に足を踏み入れようとしない。オルバーまで怯《ひる》んでいる。飛《とび》だって正直、気味が悪い。

「でも、行くしかないだろ」

「食欲がてんで湧かねえ。あいつらやっぱり、人外じゃねえと思うぞ。何がきっかけで、どう出てきやがるか……」

「とにかく、さわらないように――」

飛は開けたドアをバクに押さえさせておき、フローリング部屋に挑むことにした。目標はまず正面のドアだ。五本足クラゲに接触しなければ、平気……なのだろうか。というか、ひしめいているというほどではないにしろ、そこかしこで何体もの五本足クラゲがぐちゃっと固まっている。固まったまま動いていたり、離れたり、またくっついたりもしている。どの五本足クラゲにも一切接触しないで、正面のドアに到達できるコースが、果たして存在するのか。

「……無理でしょ、これ」

恐怖感や不安はある。でも、ここでまごまごしていたら、追っ手が押し寄せてくるかもしれない。飛は景気づけに拳で胸をどんっと叩《たた》いた。

「行くしか――」

「ああッ、いいッ。まずオレが行ってやるッ。見てろよ……！」

　バクがずんずん進みだした。一応、五本足クラゲはなるべくよけるつもりだったようだが、すぐに一体の五本足クラゲが横合いからバクにくっついてきた。

「フォアァッ!?　何だこの感触ッ。気持ち悪ゥーッ……」

「……気持ち悪い——だけ？」

「みたい、だな……？」

「よし、だったら——オルバー！」

　飛が手を差しのべると、オルバーが跳び乗ってきた。オルバーは飛の首にしっかりと絡みつき、マフラーみたいになった。オルバーにとっても五本足クラゲは得体が知れなくて、だいぶ怖いのだろう。

「正面のドアでいいんだよな、飛!?」

　バクは何体もの五本足クラゲにまとわりつかれながらも、正面方向のドアへと向かう。

「正面でいい！」

　飛もバクに続いた。見る間に五本足クラゲに包囲された。さわりたくないし、さわられたくないが、この部屋の五本足クラゲたちはどういうわけかバクや飛に寄ってくる。もういいや。飛は開き直って、五本足クラゲを避《さ》けるのは断念した。

「——んぅ……」

最初に、ぴとっ——と、くっつかれたときは鳥肌が立った。硬くはないが、ふわっとしているわけじゃないし、弾力があるというのとも違う。ぐっと押してくる感じで、押し返すことはできるのに、手応えがあまりない。しいて言えば、液体、たとえば水に近いけれど、もっと圧迫感がある。

とても変だ。バクが言ったように、気持ち悪い、としか表現しようがない。

これで、押し返したり、押しのけたりできなかったら、そうとうな脅威を感じるだろう。でも実際は、邪魔な五本足クラゲを力ずくでどかすことができる。飛《とび》やバクが腕や足で向こうに押しやると、五本足クラゲはどいてくれるのだ。それなのに、動かしているという感じが、どうしてもしない。

「……なんか、頭がおかしくなりそうなんだけど」

「チックショウ……！　このドアァッ！　開かねえ！」

先に正面のドアまで辿《たど》りついたバクが身悶《みもだ》えている。飛はぎょっとした。

「いつの間に……」

ざっと十体以上の五本足クラゲたちがバクに群がっている。よくあの状態でドアまで行けたものだ。

「——え、ていうか……」

バクだけじゃない。見ると、飛もだった。進むためにどけたはずの五本足クラゲたちが飛についてきている。ただついてくるだけじゃない。五本足クラゲたちは飛に身を寄せて、競うようにすがりついている。

「だから苦しいのか……」

「飛！　正面がダメなら、右か!?　右でいいよな!?」

「うん、右！」

「ウオオォォォ……！　進みづれえェッ……！　けど、進みづれえだけだッ……！」

バクが五本足クラゲたちをかき分けて右のドアへと突き進んでゆく。飛だって負けてはいられない。もはや、この部屋にいる五本足クラゲの大半はバクと飛に寄り集まっている。腰から下は五本足クラゲだらけだ。一歩前進するだけでも大変だが、進めなくはない。

「――開いたァッ！」

バクが右のドアを開けて、その向こうの部屋に入っていった。五本足クラゲたちは、バクについてゆかない。この部屋から出たくないのか。バクにくっついていた五本足クラゲたちが、大挙して逆流してきた。

「おわぁっ……」

飛の現在地から右のドアまでは、まだ一メートル以上ある。その間に何体の五本足クラゲがいるのか。密集し、こっちに押し寄せてきているのだ。どかせない。どいてくれない。なんとか踏《ふ》み止《とど》まりたいところだが、押し戻される。ドアが少しずつ遠ざかってゆく。

「掴《つか》まれ、飛《とび》ィッ……！」

バクが手を伸ばしてきた。飛は必死でバクの手を掴んだ。バクが引っぱってくれなければ、飛は五本足クラゲたちにどこまでも押されて、途中で体勢を崩しでもしたら、押し潰されてしまっていたかもしれない。

バクのおかげで、どうにか次の部屋に到達できた。五本足クラゲはこの部屋に入ってこないようだが、用心のためにドアを閉めた。施錠はできなかった。サムターン錠のツマミはこちら側じゃなくて、ドアの向こう側についていたようだ。こちら側からは鍵を掛けられないので、閉めたドアを背にして部屋の様子をうかがった。

この部屋には五本足クラゲが一体もいない。最初に入った部屋と似ている。というか、ほとんど区別がつかない。見たところ、五本足クラゲがいるかいないか。それから、部屋の真ん中に木の椅子が一脚、ぽつんと置いてある。違いはそれだけだ。

向かって右のドアは施錠されているはずだ。おかげであのドアからこの部屋に入ることはできなかった。

オルバーが飛の首から離れて飛び降り、向かって左のドアへと走った。ドアに体当たりをして、振り返って飛を見る。

「ひゅいっ」

「そっちか。——バク！」

「ドアの鍵はこっち側だな、つーことは開くぜッ！」

バクは向かって左のドアを開けた。その先の部屋は、壁が青かった。加えて、天井と床も青い。照明器具は電球で、端っこに箱形のテレビのようなものが三台、重ねて置いてある。たぶん、古いテレビだろう。五本足クラゲはいない。

オルバーはまっすぐ突っ切って、正面のドアのノブに飛びかかった。ノブに体を絡ませて、回そうとしている。あのドアのサムターン錠もこちら側だ。

飛がノブを掴もうとすると、オルバーは飛の腕に跳び乗って肩の上まで移動した。回らない。施錠されている。ツマミを回して解錠してから、ドアを開けた。

「っ──……」

飛は思わず息をのんだ。

その部屋はタイル張りで、なぜか白い便器が二つ置かれ、バスタブまで設置されていた。棚もあって、ハンガーで壁に衣類が掛けられている。机と椅子も。人が暮らせそうでもあるし、暮らせなさそうでもある。でも、そんなことはどうだっていい。

「くきゃっ！」

オルバーが飛の肩の上からジャンプした。バスタブめがけてすっ飛んでゆく。

「オイ、飛、アレって……」

バクが絶句した。飛も言葉を失った。

オルバーがバスタブの縁に跳び乗ると、バスタブの中に座っている人物が頭を振った。

「……え？」

そう。バスタブの中に人がいたのだ。座っているというか、座らされているというか。頭だけバスタブから出ている。バスタブの縁から逆側の縁に紐《ひも》かテープのようなものが何本も張り渡されていて、それが妨げになっているようだ。おかげでその人物は立ち上がることができない。

アイマスクをつけてヘッドホンをしていても、それが誰なのかはすぐわかった。

「灰崎《はいざき》さん……」

「はっ……え？　ちょっ……誰かいる？　愛田《あいだ》か……!?　あれっ……？」

オルバーが灰崎逸也《いつや》の周りを跳び回って、彼の顔面に尻尾《しっぽ》をこすりつけている。

「――嘘《うそ》だろ、もしかしてオルバー!?　尻尾!?　オルバーなのか!?　なんで……!?」

「アァ……助けねえ……と？」

バクが呟《つぶや》くように言った。飛《とび》は慌ててうなずいた。

「う、うん。だね。そうだ――」

バスタブまで駆けてゆくと、また驚く羽目になった。灰崎は服を着ていない。裸だった。後ろ手に縛られ、左右の足首も何かで結ばれている。近づくと、ヘッドホンから漏れる音が聞こえた。激しい感じの音楽で、かなりの大音量だ。飛はヘッドホンを外してやった。

「灰崎さん……！」

「──うおっ。えぇっ、弟切《おとぎり》くん!?」

「このテープか何か、片っ端から剥《は》がすぞ！」

バクがバスタブに張り巡らされているテープを引っ剥がしはじめた。

オルバーは灰崎の首にしっかりと巻きついている。

「あぁ、オルバー。すまない、心配させて……ありがとう、弟切くん──ヒタキとバクをここまで連れてきてくれたんだな。助かったよ、オルバー。ありがとう、本当に……」

飛はヘッドホンを床に置いた。アイマスクも外してやったほうがいいのか。もちろん、外してやるべきだろう。

「でも、裸なんだよな……」

「ぐわぁっ」

灰崎が悲鳴のような声を上げた。

「……そうだった。素っ裸にされてたんだった。ごめん、ヒタキ。見たくもないもの見せちゃって……」

「や、いいけど。……いいってこともないけど」

飛は灰崎のアイマスクを外してやった。灰崎は目をつぶっている。

「……愛田め。ずっと目隠しされてたせいで、目をつぶっててもまぶしく感じる」

「外したぞ！」

　バクがテープを剥《は》がし終えた。飛《とび》はバクと二人がかりで灰崎《はいざき》に手を貸して、いったん立ち上がらせた。それからバスタブの縁に腰かけさせ、両手首、両足首を固定していた結束バンドを外した。

「……恥ずかしいよ。まったく」

　灰崎は両手で下腹部を押さえ、薄目を開けた。

「ここは……どこなんだ？」

「鹿奔宜《ろっぽんぎ》ヒルズとかいう建物の地下」

　飛は壁に掛かっている衣服をざっと見て、灰崎が着られそうなものを探した。

「灰崎さんの服は……ないっぽい？　革のジャンパーとか、ズボンとか、そんなのばっかりだな」

「もしかすると、愛田《あいだ》の私物かもしれない」

「愛田に捕まってたってこと？」

「……尋問みたいなことをされてたんだ。あの男に」

　灰崎は少しおぼつかない足どりで壁際まで歩いてゆき、革のジャンパーと革のズボンをひったくるように手に取った。

「くっそ、あいつの服なんて冗談じゃないけど、裸でいるわけにもいかないし――」

「悪いけど、灰崎《はいざき》さん、急いで。僕たち、追われてる」

「そうなの!?　わ、わかった、ちょっと待って」

だいぶきつそうだったが、灰崎は無理やり革のズボンを穿《は》いた。革のジャンパーのほうは、ズボンほどじゃない。肩周りはゆとりがないものの、ズボンに比べればマシだ。

「靴は……ないかな。せめて靴下くらい……いや、あきらめよう！」

髪の毛はボサボサだし、髭《ひげ》も少し伸びている。革ジャンに革パン。そして、裸足《はだし》。変な出《い》で立《た》ちだが、裸よりはずっといい。

「灰崎さん、こっち！」

飛《とび》は来た道を戻ることにして、青い部屋のドアを開けた。次の椅子が置いてある部屋まで引き返し、フローリング部屋のドアノブに手をかけたところで、バクが叫んだ。

「飛！　ヤツラがいるぞ!?」

「そっか、えっと、じゃあ……」

フローリング部屋は五本足クラゲの巣窟《そうくつ》なのだ。また揉《も》みくちゃにされるのは避《さ》けたい。初めに施錠されていたドアの鍵を開ければ、最初の部屋に行ける。最初の部屋と通路を隔てるドアは飛が鍵を掛けたから、追っ手はあのドアから入ってこられないはずだ。

飛は初めに施錠されていたドアのサムターン錠を外した。ドアを開けると、女性がいた。木堀有希《きぼりゆき》だ。あの白い人形みたいなものを従えている。何体いるのか。数えきれない。

「はっ――」

木堀が飛を見て何か言おうとした。飛はすかさずドアを閉めてサムターン錠のツマミを回した。

「やばっ、追いつかれた！」

「だったら、こっちだ！」

バクが四つのドアのうち、まだ一度も開けていない残り一つのドアを開けようとした。

「――ウガァッ。鍵が掛かってやがる！」

「も、戻ろう！　なんだかよくわからないけど……！」

灰崎が青い部屋のドアを開けた。たしかにそれしかなさそうだ。

青い部屋に全員入って、ドアを閉めた途端、向かって左のドアが勢いよく開いた。当然、そのドアを開けたのは飛たちじゃない。目玉のような模様をちりばめた赤いポンチョを着ている。赤べこだ。

「ッ……」

赤べこもびっくりしたみたいだ。ドアを閉めかけて、いやいや、と首を振った。あらためてドアを開け放ち、青い部屋に突入してくる。続々と。赤べこは一人じゃない。何人もいる。

「何だ!?　人外か……!?」

灰崎《はいざき》が向かって右のドアを開けた。飛《とび》たちがそのドアの向こうに駆けこむと、灰崎は最後に部屋に入ってドアを閉め、施錠した。その部屋は薄暗くて、四隅に五本足クラゲたちが固まっていた。

五本足クラゲに気づいて、灰崎が顔を引きつらせた。

「……げっ!?」

「さっきのやつらとは違って、敵ってわけじゃないっぽいんだけど——」

飛は向かって右のドアに駆けよった。部屋と部屋の位置関係をちゃんと把握できているのか、正直、自信はない。でも、飛の方向感覚によれば、こっちに向かうと通路に出るはずだ。このドアの向こうにたぶん部屋が二つあって、その先が通路だろう。

このドアはこちら側にサムターン錠のツマミがあった。鍵が掛かっている。飛はツマミを回して解錠し、ドアを開けた。

今度の部屋は、蛍光灯が切れかけているのか、ちかちかと点滅していた。

飛はすぐさまドアを閉めて施錠し直した。

「どうしたッ!?」

バクが訊《き》いてきた。飛は胸を押さえた。心臓がばくばくいっている。

「愛田《あいだ》がいた！　でかい、肉も……！」

「愛田と愛田の人外が!?　くそ、あいつ——」

灰崎としては仕返ししたいだろう。でも、今はそれどころじゃない。飛は青い部屋の反対側のドアのほうに向かった。ドアは開いた。

「とにかく通路に……！」

それから何回、ドアを開けたり閉めたりしたことだろう。開かないドアはいくつあったのか。少なくとも三回は赤べこたちに出くわした。木堀《きぼり》も一回、見た。愛田と巨大な肉塊にはあれ以来、遭遇しなかった。見かけた五本足クラゲは数知れない。飛は途中から自分たちがどの部屋にいるのか、まったくわからなくなった。似たような部屋が複数あって、頼りの方向感覚も当てにならない。

最後は当てずっぽうで、ドアを開けるたびに、どうかこの向こうが通路であってくれと願った。何回も願う羽目になった。

とうとう本当に通路に出たときは、むしろ意外で、飛はつい「おぉっ……」と目を瞠《みは》ってしまった。

通路を右に進めば地下駐車場に戻ることができる。当然、飛は右に行きたかった。この通路はどこに繋《つな》がっているのか。見当もつかないのだ。

けれども、右を見たら、暗い通路の向こうで火のようなものが光っていて、それが大きくなった。煙草《たばこ》。葉巻の火だ。その火に赤べこたちが照らしだされた。

あの闇《やみ》二《に》囁《ささや》九蔵《くぞう》とやらは、赤べこたちよりも頭一つどころか、二つ分ほども背が高い。

だから、葉巻の火が見えた。もし闇二囁九蔵《やみにささやくぞう》がもっと小さければ、葉巻の火は赤べこたちに隠れていただろう。赤べこたちが闇二囁九蔵の前に整列している。きちっと並んでいるわけじゃないのかもしれないが、大勢いることだけはたしかだ。

地下駐車場に戻るには、闇二囁九蔵と赤べこたちを突破しないといけない。通して、と頼んだら、案外、通してくれるんじゃないか。さすがにそれは楽観的すぎるだろう。闇二囁九蔵はよくわからないが、赤べこたちは明らかに敵だ。おそらく愛田《あいだ》に与《くみ》している。

「左だ……！」

飛《とび》はあえて、仕方ない、とは言わなかったし、そう思わないようにした。迷いたくない。迷ったら足が鈍る。心が折れてしまいそうな気もする。

通路を少し走ると、ドアはなくなって、右手の壁に表示灯のようなものが設置されていた。地下駐車場の赤いカーテンをくぐってこの通路に足を踏み入れたとき、ずっと先のほうで橙色《だいだいいろ》に光っていたのは、この表示灯だろう。駅の壁なんかによく掛かっているような、半透明の板の向こうで光が灯《とも》っている形式のものだ。新しくはなさそうなその板が黄ばんでいるせいで、橙色っぽく見える。

「――『鹿奔宜《ろっぽんぎ》人外横町』……!?」

飛はそう書かれている表示灯の前を駆け抜けた。その直後だった。止まろう、と思うよりも早く、飛の足が急停止した。

「アァッ……!?」

バクは飛を追い越した直後、両足で通路の床をガッと蹴りつけ、強引に止まった。

「ひえぇぇ……!?」

灰崎《はいざき》はバクよりもぎりぎりだった。何しろ、危うく踏み外すところだったのだ。右足をつこうとした場所に何もなかったので、灰崎は慌てて左足で踏んばり、両腕をばたばたさせながら、どうにか持ちこたえた。

灰崎は後ろに倒れかかって、尻餅をついた。

「——あっぶ！　なっ……！　お、おぉぉ落ちるとこっ……」

通路は表示灯のすぐ先で急に終わっていた。

行き止まりなのか。でも、なんだか明るい。通路が途切れているだけで、空間は広がっているのだ。

「オイ、飛……！」

バクが通路の縁から身を乗りだした。

「街があるぞ！　街……なのか!?　ハアァッ!?　どうなってやがる……!?」

飛もおそるおそる縁に爪先をかけて、前方にぐっと首を伸ばしてみた。通路の終端は九十度の絶壁だ。その下に、バクが言うとおり、街のようなものがある。地下なので暗い。ただ、電気は通っているのか。その街には明かりが灯っている。そう大きな街じゃない。

小さい、と言ったほうがいいかもしれない。たぶん、一区画か二区画くらいだ。住宅街というより、商店街を思わせる。

飛《とび》は振り返って表示板を見直した。

「……『鹿奔宜《ろっぽんぎ》人外横町』」

「飛、下りられるみてえだぞ」

バクがしゃがんで何かを掴《つか》んだ。梯子《はしご》か。通路終端の絶壁には、鉄梯子が据え付けられているようだ。

後ろのほうが騒がしい。愛田《あいだ》や木堀《きぼり》が部屋から出てきたのかもしれない。

鹿奔宜人外横町もまた静まり返っているわけじゃない。ここからでも狭い通りを行き交うモノたちの姿が確認できる。どうも人間ではなさそうだ。それはそうか。こんな場所にある。なおかつ、名前が人外横町なのだ。

「行くっきゃねえだろ……！」

バクが鉄梯子を下りはじめた。そうだ。行くしかない。飛はバクに続いて鉄梯子に足をかけ、灰崎《はいざき》を見た。灰崎はもう立ち上がっている。うなずいてみせた。

「行こう！」

バク、飛、オルバーを首に巻きつけた灰崎が一列になって鉄梯子を下りてゆく。長い梯子だ。五メートルや十メートルではきかない。もし通路の終端で足を踏み外して落っこちていたら、ただではすまなかっただろう。

「噂《うわさ》は本当だったのか……」

灰崎が何か言っている。

「主《あるじ》のいない人外たちがどこかに隠れ住んでるって……でも、まさかこんな……」

「——ッシ……！」

バクが鉄梯子から離れて身を躍らせた。下までもうちょっとだったようだ。バクはすぐ着地したので、飛も少し勢いをつけて鉄梯子から飛び降りた。灰崎は飛ばずに最後まで鉄梯子を下りてきた。

十メートル、いや、二十メートルくらい先に、人外横町の入口がある。たいして離れていないのに、人外横町の明かりは妙に遠く感じられる。

「——追ってくる！」

まだ鉄梯子に手をかけている灰崎が言った。何ものかが鉄梯子を下りてくる。その振動を感じたのだろう。

飛たちは人外横町の入口へと急いだ。二階建てか三階建てくらいの建物がびっしりと建ち並んでいる。それは間違いない。でも、建物が密集している区域の外がどうなっているのか、さっぱりわからない。ただただ暗くて、何かあるのか、それとも、何もないのか。

何もない、とはどういうことなのか。

人外横町の入口は、自動車だったらすれ違えないような狭い通りだった。飛《とび》は思わず足がすくんだ。

人外だらけだったからだ。

人外、なのだと思う。

大きいやつもいれば、小さいやつもいる。

人間みたいなやつもいる。ただ、どう見ても人間じゃない。腕や脚、頭などがあからさまに人間のそれじゃなかったり、あべこべだったりするし、人間なわけがない。

何かちょっとこう幽霊っぽいというか、そんなやつもいる。

犬みたいだったり、猫だったり、馬みたいだったり、牛みたいだったり、鳥みたいだったり、蛇みたいだったり、蜘蛛《くも》みたいだったり。そうはいっても、犬でも猫でも馬でも牛でも鳥でも蛇でも蜘蛛でもない。何か違う、のではなくて、まるで違う。あくまで、どこかそれっぽい特徴があるというだけだ。

服を着ていないものもいる。着ているものもいる。それらが着ている服は、人間用の服なのだろうか。サイズは合うのか。体の形に合わないんじゃないか。でも、どこかで見たことがあるようなデザインだ。鞄《かばん》のような何かを持っていたり、靴を履いていたり、手袋をつけていたりもする。驚いたことに、スマホみたいな物体を手にして、何やら操作しているものまでいる。

それらは人間じゃない。多種多様な人外だ。ここは人外横町なのだから。けれども、人外横町の街並みは人間の街を思わせる。それに、人外たちはどこか人間臭い。

狭い通りを行き交う人外たちの一部は飛たちに視線を向けた。顔はいろいろだった。目がある人外もいれば、目とは思えないような目を持つ人外もいるし、目なんかどこにもない人外もいた。バクだって目玉は手の甲についているから、不思議じゃない。

でも、やっぱり不思議だ。人外たちは「ん？」という感じで飛たちをちらっと見ても、すぐ目を逸《そ》らしてしまう。飛と、それから灰崎《はいざき》は、人外じゃなくて人間なのに。バクとオルバーは人外だけれど。

「大丈夫だ、飛。オレがいる――」

バクが先に歩きだした。堂々とした足どりだ。飛はバクに半分隠れてその後ろを進んだ。灰崎の足が飛の踵《かかと》にぶつかった。

「近いよ、灰崎さん、くっつきすぎ……」

「ご、ごめん……」

通りの両側に並んでいるのは飲食店なのだろうか。カウンターやテーブル席がある。客がいる。混んでいる店もあれば、すいている店もある。客はもちろん人外だ。人外たちが何やら飲み食いしている。食べたり飲んだりしているだけじゃない。客の人外同士で会話している。店の外で店員らしき人外が呼びこみのようなことをしていたりもする。

通りを行き交う人外たちも、みんながみんなというわけじゃないけれど、必ずしも無言で歩いているわけじゃない。肩を並べて親しげに語らっている人外もけっこういる。

何を話しているのか。

「下§終◎臍ろ糸糸　糸§手臍手◎糸手手糸終笑糸下△笑◎」

「△△?　糸§手臍笑◎臍笑糸手手糸?　じ△終下§z§ろ§手△手糸?」

「ろ§手△手糸　ろ§手△手糸　人糸手糸&糸手◎じ△終下§終笑糸手手糸」

「△△　ぱ糸ん§下糸」

わからない。飛《とび》にはちんぷんかんぷんだ。外国語のようにも聞こえる。英語ではなさそうだが、どこの国の言葉なのか。でも、たとえばテレビなどで外国人がしゃべっているのを聞く感じとは、何か違うような。どう違うのか。やっぱり飛にはわからない。

「◎◎!　終糸笑糸!?　終糸笑糸!?」

「糸下糸Q△下◎笑糸!」

「手§下糸手◎臍下人◎臍終◎人糸手臍&糸ん人糸終!」

「臍山糸!　ろ糸§糸下臍!」

突然、行き交う人外たちが騒然となった。どの人外も飛たちが来た方向を見ている。

飛は振り返った。

「——来た!」

赤べこだ。何人いるのかわからないが、とにかく一人や二人じゃない赤べこたちが通りになだれこんでくる。

「走るぜ！」

バクが駆けだした。飛も、それから灰崎《はいざき》も、バクに続いた。

「どけどけどけェ！　どきやがれェーッ……！」

バクは通行人、いや、通行人外たちを押しのけ、ときに突き飛ばして、先へ先へと進む。何か怒鳴って抗議する通行人外もいるが、バクはおかまいなしだ。おかげで飛と灰崎は、ただバクについてゆくだけでいい。

「――袋小路かァッ⁉　いやッ、丁字路か……⁉」

バクが言った。行く手で通りが突き当たりになっている。そこから左右に道が延びているようだ。

赤べこたちとは少し離れた。飛たちのほうが速い。このまま引き離せそうだ。

突き当たりで、バクは左に曲がろうとした。

「クォッ……！　肉……ッ⁉」

バクが向かおうとした先に、巨大な肉塊が立ちふさがっている。愛田《あいだ》の人外だ。きっと愛田もそのへんにいるだろう。

「逆に……！」

飛《とび》はバクの腕を引っ掴《つか》んで、逆方向、右に曲がろうとした。

「——っ……!?」

でも、そっちには人外じゃない、人間の女性がいた。木堀《きぼり》だ。こちらに向かってくる。彼女だけじゃない。彼女の足許《あしもと》には白い人形みたいな人外がわらわらと群がっている。

「引き返そう!」

灰崎《はいざき》が身をひるがえした。赤べこたちは数こそ多いものの、何かばたばたしている。巨大な肉塊や木堀の白人形たちよりはどうにかなりそうだ。

「バク!」

「オウッ……!」

飛とバクは灰崎を追った。ところが、灰崎が足を止めた。

「ちょっ、何っ——」

飛はもう少しで灰崎に体当たりするところだった。なぜ急に止まったのか。理由はすぐにわかった。

通りだけじゃない。道だけじゃない、と言うべきだろうか。左右の建物、その軒や、屋根の上、二階のベランダなどにも、赤べこがいる。いや、あれは赤べこなのか。そいつらは赤いお面みたいなものをつけていて、そのお面は赤べこのポンチョにやや似ている。というか、赤べこだ。赤べこポンチョを着ている赤べこたちと違って、やつらは赤べこのお面をつけている。別の赤べこなのか。体つきからすると人間だが、肌の色艶がよくない。悪すぎる。まるでゾンビだ。

「オルバー……！」

灰崎が声をかけると、オルバーは主《あるじ》の首から離れ、一瞬で彼の右脚と同化した。それとほぼ同時だった。

赤べこゾンビたちが、建物の軒や屋根、ベランダから次々と飛び降りてくる。

灰崎がトランポリンでも使ったかのように跳び上がって、二人か三人の赤べこゾンビを空中で蹴り払った。すごい。でも、焼け石に水だ。赤べこゾンビはとにかくたくさんいる。もしかして、飛たちが鹿奔宜《ろっぽんぎ》人外横町を訪れる前からそこにいたのか。標的が人外横町に迷いこんだら襲いかかるために、待ち構えていたんじゃないのか。

「――ズァァアッ……！」

バクが上から降ってきた赤べこゾンビを殴り飛ばした。赤べこゾンビが居酒屋か何かのガラス戸をぶち破って、中の人外客たちが悲鳴を上げる。

「っ……！」

別の赤べこゾンビが、トンカチか何かを振りかざして飛に躍りかかってきた。飛はとっさに右足でその赤べこゾンビの胸を押すように蹴った。のけぞった赤べこゾンビを、バクが豪快に殴り倒した。

飛《とび》はちらりと後ろを見た。まずい。突き当たりから、のっそのっそと巨大肉塊が。白人形人外たちを連れた木堀《きぼり》も。このままだと挟み撃ちにされる。というか、すでに挟まれている。

「やかましい……！」

声と一緒にバンッと扉が開く音がして、飛から見て左手にある店から誰か出てきた。髪の毛が、青い。人間にしか見えないけれど、人外なのだろうか。人外だったら髪が青くても変じゃない。いや、人間でも髪を青く染めている人はたまにいる。ということは、やはり人間なのか。言葉をしゃべったし。そうだ。やかましい、と言った。ハスキーで、特徴的な声だった。

背は高くない。飛よりも小柄だ。マントのような、というか、マントをつけている。そして、背中に何か長い物体を斜め掛けしている。

青髪の人物はその長い物体を背中から抜いた。あれは刀か、剣か、何かそういうものだろう。きらっと光った。間違いなく刃物だ。

飛は呆気《あつけ》にとられた。青髪の人物は、その刀だか剣だかを、抜いたと思ったらもう、赤べこゾンビをずばっと斬っていた。

飛は、袈裟《けさ》斬り、という単語を何かの本で見たことがある。袈裟というのはお坊さんが着る衣で、左肩から右脇腹にかける長い布だ。袈裟をかけるみたいに、刀で斜めに斬り下ろすことを、袈裟斬り、というらしい。

当然、飛は初めて本物の袈裟斬りを目撃した。しかも、一度じゃない。

青髪の人物は二体、三体、四体と、赤べこゾンビを立てつづけに袈裟斬りにした。飛が蹴った感触からすると、赤べこゾンビは人間と同じような重量感があった。あんなふうにやすやすと斬れるものなのか。信じがたいけれど、青髪の人物は実際、斬っている。ばったばったと斬り伏せている。

赤べこゾンビたちは、なすすべなく斬り倒され、真っ二つになっても、ぐえぇ、とか、があぁ、とか呻《うめ》いているから、死んではいないようだ。ゾンビだから、死なないのか。それとも、最初から死んでいたのか。ゾンビっぽいが、そもそもゾンビなのか。

いつの間にか、灰崎《はいざき》が飛のすぐそばにいた。

「なんっ――えっ……？」

灰崎も目を瞠《みは》って、茫然自失《ぼうぜんじしつ》している。

青髪の人物に続いて、さっきの店からもう一人、また別の人物が出てきた。その人物もマントのような服を着ている。濃紺の、上下に分かれておらず、ゆったりしていて丈が長い、ローブ、というのだろうか。青髪よりも上背がある――わけでもなく、とんがり帽子を被《かぶ》っているせいで、そのぶん背が高く見えるらしい。ローブの襟と、目深《まぶか》に被ったとんがり帽子で隠れていて、顔はわからない。青髪の連れなのか。

「何モノ……だッ……？」

バクは青髪に問《と》い質《ただ》そうとしたのかもしれないが、尻すぼみになった。

斬って斬って斬りまくられて、赤べこゾンビたちもたまらず青髪から距離をとりはじめた。赤べこたちは通りの向こうでわちゃわちゃしている。青髪に恐れをなしたのか、近づいてこようとしない。

「心配するな」

青髪が刀だか剣だかの切っ先を飛《とび》たちのほうに向けた。片側にしか刃《やいば》がなく、ちょっと

反っている。でも、日本刀にしては、幅が広すぎて厚みもある。

「ぼくはおまえたちの敵じゃない。今のところは、な」

青髪はニヤッと笑った。

「ひとに剣を向けて言うようなことじゃ……」

飛が思わず反論すると、青髪は、チチチッ、と舌を鳴らした。

「剣じゃない。段平《だんびら》」

「だん……び？」

「段平」

「へえ……」

「ぼくは〝冒険者〟だ」

　いったい何なのだろう。飛は頭がくらくらしてきた。人間だとは思う。人外じゃない。ここは人外横町なのに。それを言ったら、飛と灰崎《はいざき》もそうだ。でも、バクとオルバーが一緒だし。そういう問題なのか。

「ぼうけんしゃ……名前？　え……名字？」

「そういうのじゃない。何を言ってるんだ、おまえ？」

「……僕？」

　それはむしろ飛の台詞《せりふ》だ。青髪は何を言っているのか。

「火ヨ……」

　不意にとんがり帽子が声を発した。

「玉ヨ……出ロ……！」

　とんがり帽子が右手を持ち上げる。素手じゃない。手袋のようなものをつけている。開いたその手の先に、何だろう、あれは。何か光るものが、もともとあったわけじゃない。ぽっと生じた。光るというか、燃えている。

　火よ、とか、玉よ、とか言っていた。火の玉だ。とんがり帽子の右手からちょっと離れたところに、火球が浮いている。バクが叫んだ。

「ちっさッ……！」

　その火球は、せいぜい直径三センチといったところだろう。たしかに大きくはない。

「ファイヤーボール……！」

とんがり帽子がそう唱えて右手を突きだした。押しだされたように、火球が飛んでゆく。最初はゆるっとした動きだった。みるみる加速する。

「っ……──」

飛《とび》は息をのんだ。火球の行き先は、突き当たりのほうだ。そっちには巨大肉塊がいる。愛田日出義《あいだひでよし》の人外だ。なんか、めちゃくちゃ近くない？

冒険者だか何だかとのやりとりに、すっかり気をとられていた。その間に肉薄されていたのだ。やばい。ぶよよんぶよよんと肉を踊らせ、巨大肉塊が迫ってくる。

火球はその肉と肉の狭間《はざま》に吸いこまれて、消えてしまった。肉塊は巨大で、火球は小さすぎたし、仕方ないというか。何も起こるわけがない。だから、予想外だった。

ボンッ──と弾《はじ》けるような音がして、巨大肉塊があとずさりした。さすがに吹っ飛んだりぶっ倒れたりはしなかった。そうはいっても、あのちっちゃな火球が肉の怪物を後退させたのだ。

「こいつは双子の相棒」

冒険者がとんがり帽子を一瞥《いちべつ》した。

「〝魔法使い〟だ」

またわけのわからないことを。

でも、とんがり帽子の恰好《かっこう》は魔法使いっぽい。それに、あの火球。ファイヤーボール。魔法なのか。魔法を使った。ということは、本当に魔法使いなのか。

飛は灰崎《はいざき》を見た。ひょっとしたら、灰崎は何か知っているかもしれない。知らないようだ。灰崎は明らかにぽかんとしている。どう見ても、飛と同じくらい困惑している。

「……飛」

バクが身を屈《かが》めて飛の耳許《みみもと》で囁《ささや》いた。

「あの魔法使いってやつ、たぶん人外だぜ」

ということは、冒険者が人間。人外視者で、人外の主《あるじ》。双子だとか何だとか紛らわしい言い方をしていたが、魔法使いは冒険者の人外なのか。

「やるつもりなら、いいぞ。かかってこい」

冒険者が段平《だんびら》とやらの先を、赤べこゾンビや巨大肉塊、その後ろにいる木堀有希《きぼりゆき》、そして、巨大肉塊の右上あたりに向けた。その建物は平屋で、屋根の上にやたらと細長い男が立っている。愛田日出義だ。

「まとめて相手してやる」

冒険者は愛田に向かって言い放った。愛田は、ヘッ、と鼻で笑った。

「どこの馬の骨か知らねえが、用があるのはその目つきの悪い餓鬼とパッツパッツの泥棒野郎だ。とっとと失《う》せろ、コスプレ女」

「――ぁ？」

冒険者が首をひねった。

「コスプレじゃないし、ぼくは男でも女でもない」

「何をわけのわからねえこと、ほざいてやがる」

「ぼくは男でも女でもない」

「……なんで同じことを二度も」

「中性というのとも違う。ぼくは、ぼくだ。言うなれば――」

「おい、俺を無視して勝手にしゃべるんじゃねえ」

「それが冒険者ってことさ」

冒険者はひそやかに笑った。

「ふっ……ふふふっ……」

「オトギリィッ！　何だこいつぁ!?」

愛田《あいだ》が潰れた菱形《ひしがた》の両目を吊《つ》り上げて飛《とび》を見た。

「僕に言われても……」

「あぁ、それから」

冒険者は右手で段平《だんびら》を持ったまま、左手の人差し指で愛田を指した。

「失《う》せろ、と言ったたな。このぼくに向かって、とっとと失せろ、と」

「……それがどうした」

「決めた」

冒険者は顎をしゃくった。どうやらそれは、魔法使いに送った合図だったらしい。魔法使いが赤べこゾンビたちのほうに右手を差し向けた。ファイヤーボールのときは手を開いていたが、今度は指を一本立てている。

「雷……ビリビリ……」

指先で、ごくごく小さな稲妻がパチパチしはじめた。

「行ケ……！　サンダーレイ……！」

稲妻が迸《ほとばし》った。といっても、やっぱりものすごく小さいというか、か細いというか。それでも、極小の稲妻を食らった赤べこゾンビは「グベッ」とのけぞった。その赤べこゾンビの近くにいた赤べこゾンビも「ビエッ」と身を震わせて、さらに二体、三体と、赤べこゾンビたちが連鎖的に「ギャッ」「ギュッ」「ギョッ」と、何らかの衝撃を受けて跳び上がった。ひょっとして、感電したのか。よくわからないけれど、そういう魔法なのか。

「義を見てせざるは勇無きなり……！」

冒険者が巨大肉塊に斬りかかった。でも、斬れるのか。どうなのだろう。だって、相手は肉だ。しかも、ただの肉じゃない。

「けぇぇぇぇぇい……！」

冒険者の段平《だんびら》が巨大肉塊をぶっ叩《たた》く。息もつかせず叩いて、叩いて、叩きまくる。

段平に叩かれるたび、ちょっとした肉の断片がぶしゅっと飛び散る。切れ目はできて、そこから肉汁的な液体がじゅわっと溢《あふ》れる。液体だけじゃなくて、もっと粘度が高そうな白っぽいものも滲《にじ》み出《で》る。あたりにむっとする臭いが立ちこめてきた。

「ハッ……！　無駄だ……！」

愛田《あいだ》がせせら笑った。あの男は本当に腹が立つ顔でひとを嘲笑《あざわら》う。でも、愛田の言うとおりだ。赤べこゾンビを軽々と真っ二つにする冒険者の段平が、巨大肉塊にはほとんど通用しない。

「——ふっ！　ならば……！」

冒険者が蛙《かえる》みたいに全身を沈みこませて、ぴょんと跳び上がった。とんでもない跳躍だが、あんなに高く、真上にジャンプして、何をするつもりなのか。

「二倍斬り《バイスラッシュ》……！」

冒険者は、空中で回った。回転した。縦回転だ。

そこから落下する勢いを加えて、巨大肉塊に段平を叩きつける。

「かっけエ……」

バクが呟《つぶや》いた。グジャアッとひどい音がして、けっこうな量の肉と肉汁と脂が撒《ま》き散《ち》らされたから、ただ段平を振りかぶって斬りつけるよりは、明らかに威力も大きかった。

「――脂肪過多だ！」

冒険者が着地して段平を振るうと、剣身に付着していた血脂、じゃなくて、肉脂が乱れ飛んだ。

「クハハァッ……！」

愛田が顔面を崩壊させて大笑いした。

「ファットマンの肉を舐《な》めるんじゃねえよ、バーカ……！」

「……本人、あんなに痩せてるくせに」

灰崎《はいざき》がぼそっと言った。主《あるじ》と人外は似ているものなのか、あまり関係ないのか。飛《とび》にはよくわからないけれど、愛田と巨大肉塊ファットマンは正反対にも程がある。

「ど、どォーすんだッ!?」

バクが怒鳴った。

「手を貸せ」

冒険者はパチンと指を鳴らして、誰に対してそう言ったのか。飛だろうか。灰崎か。それとも、相棒の魔法使いだろうか。

「――オォッ……!?」

バクが身を反り返らせた。冒険者がいきなりバクめがけて跳んだのだ。

「手じゃなかった」

冒険者はバクの肩を踏んだ。

「借りるのは、肩だ……！」

バクの左肩を踏み台にして、冒険者はもう一度跳躍した。二段ジャンプだ。冒険者は高々と跳ね上がって、通りに面した建物の軒を蹴った。二段では終わらず、三段ジャンプで一気に屋根の上にまで到達した。

「――クソがぁっ……！」

愛田《あいだ》が血相を変えた。今や冒険者は、愛田から見て隣の屋根の上にいる。高いところから冒険者や飛《とび》たちを見下ろして余裕をかましていたが、こうなったらそうはいかない。ファットマンはあの体格だし、愛田を助けには行けないはずだ。

「ユキ……ッ！」

それで、愛田は木堀有希《きぼりゆき》に救いを求めたのだろう。でも、木堀だって通りにいる。木堀自身だけじゃない。白人形人外たちも木堀のそばにいる。

木堀の足許《あしもと》には、十体か二十体くらいの白人形人外がうじゃうじゃしている。あれでぜんぶじゃなかったのか。

「オーメン、ヒデヨシを……！」

木堀が呼びかけると、あちこちから愛田の周りに白人形人外、オーメンたちが集まってきた。いったいオーメンは何体いるのか。

「わかってないな！　冒険者の心意気を……！」

冒険者はオーメンに妨害されるのを嫌って、方針を変えたのだろうか。きっと違う。初めから冒険者の狙いは愛田じゃなかったのだ。

「必殺……！」

冒険者は屋根から飛び立った。まただ。回った。空中で回転する。一回転じゃない。二回転でもない。それ以上だ。高速でぐるぐるぐるぐる縦回転しながら落ちてゆく。

「天空下ろし斬《ヘルダイバー》ァァァァァッツッ……！」

ファットマンだ。

冒険者はあくまでもファットマンを倒す気だった。

「オオオオオォォォォォ……!?」

バクが吼《ほ》えた。

「あぁあぁあっ……!?」

飛も思わずバクの半分くらいの声量で叫んでしまった。灰崎《はいざき》は、ほんがぁぁ、みたいなすっとんきょうな大声を発していたような気がする。

もはや爆裂するような音が轟《とどろ》いて、冒険者の段平《だんぴら》がファットマンを斬り裂くというより突き破った。誇張じゃない。まさしく一刀両断だ。

「ファッ――……」

愛田《あいだ》がファットマンに向かって手を伸ばした。あんなやつでも、自分の人外は大事なのか。あちこち尖《とが》っているほど細身の男と、巨大な肉塊との絆《きずな》なんて想像もつかない。

ファットマンは縦に二つに分かたれた。

冒険者は着地するなり、ゴムのボールみたいにバック宙した。

「ひっ……」

灰崎《はいざき》が身震いした。

ファットマンの右半身は右方向に、左半身は左方向に、それぞれ倒れてゆくかと思われた。ところが、右半身も左半身も踏《ふ》み止《とど》まった。離ればなれになってたまるものかと、持ちこたえただけじゃない。右半身は左に、左半身は右へと傾いた。

くっついた。

冒険者の段平《だんびら》で一度は完全に斬り離された、ファットマンの右半身と左半身が。

断面の肉と肉とがぐにょっと合わさると、肉汁や脂が接着剤になっているのか、嘘《うそ》みたいにぴったり接合してしまった。

でも、そう見えるだけなんじゃないか。ずっぱり斬られたわけだし、動いたらずれるに違いない。

「ファァアァァーッ……！」

愛田が大口を開けて奇妙な笑い声を上げた。

ファットマンが前進する。肉々しすぎる肉をぶよんぶよん揺らしながら、冒険者に詰め寄ろうというのか。

「存外、厄介な肉だな」

冒険者はため息をつくと、ファットマンに背を向けて飛《とび》たちをざっと見た。

「借りは返せよ」

「あ、うん」

飛が反射的にうなずくと、冒険者は薄く笑ってみせた。

男でも女でもない、と言っていたけれど、体格や体形からすると、灰崎や飛とは明らかに違う。身長は百六十センチ程度で、華奢《きゃしゃ》とは言わないまでも、細身に見える。大人ではなさそうだ。一種独特で、まったく平凡ではない顔立ちも、どこか幼い。それでいて、飛よりはずっと年長のようでもある。施設や学校では会ったことのないタイプだ。冒険者と多少なりとも似た人物を、飛は一人として知らない。

「よし。ぼくについてこい」

冒険者は風のように飛たちをすり抜けていった。魔法使いも冒険者を追いかけてゆく。

赤べこゾンビたちや赤べこたちを切り破るつもりか。

「行こう……！」

飛はバクと灰崎に声をかけ、冒険者と魔法使いに続いて走った。愛田のファットマンだの、木堀《きぼり》のオーメンだのよりは、赤べこゾンビや赤べこのほうがまだマシだ。冒険者と魔法使いが味方してくれれば、突破できるかもしれない。

「待ちやがれ……！」

愛田《あいだ》がわめいている。待ってやる義理はもちろんない。

「せぁ……！」

冒険者は赤べこゾンビを三、四体撫《な》で斬《ぎ》りにして、そのまま突き進むのかと思いきや、違った。魔法使いを従えて、左に折れた。道があったのか。行ってみると、人一人がやっと通れるくらいの狭い路地だった。冒険者がその先で手招きしている。飛《とび》とバク、灰崎《はいざき》が路地を進みはじめると、二人の姿はすぐに見えなくなった。また曲がったようだ。

赤べこゾンビや赤べこ、オーメンたちが追いかけてくる。迷っている暇なんかないし、とにかく冒険者と魔法使いについてゆくしかない。

「まるで迷路だぜ……！」

バクがぼやいた。鹿奔宜《ろっぽんぎ》人外横町はそう広くはないけれど、通りにも路地にも枝道が何本もあって、ずいぶん入り組んでいる。これは、かなり慣れていないと迷いそうだ。方向音痴だったら、一生目的地に辿《たど》りつけないかもしれない。

冒険者は鹿奔宜人外横町を知り尽くしているようだ。どこをどう通ったのか。何回曲がったのかさえ、飛は覚えていない。でも、回れ右をして引き返すことは一度もなかったし、追っ手に先回りされることもなかった。

「もうすぐ駅だ……！」

前を行く冒険者が言った。路地から通りに出て、右に曲がると、本当に駅らしい建物があった。コンクリートか何かでできていて、外壁の高いところで「オノレール鹿奔宜人外横町駅」という文字列が赤っぽく光っている。あれはネオンサインの看板なのか。

「駅だぁ……!?」

灰崎が叫んだ。駅名看板の下はがばっと開いていて、飛もどこかの駅で見たことがあるような改札口になっている。自動改札機まであるようだ。三台並んでいる。自動改札機の上には発車案内板が設置されていて、まさしく駅のたたずまいだ。

「突っこむぞ……！」

冒険者と魔法使いは駅に駆けこんでゆく。改札前は無人じゃない。いや、人はいなそうだから、無人ではあるのか。人外たちでそこそこ賑《にぎ》わっている。むしろ、冒険者や飛たちが賑わせているのか。

改札前にいるのは、駅の利用客らしき人外たちだけじゃない。深緑色の服を着て、同じく深緑色の帽子を被《かぶ》った人外たち、一つ目だったり、目がなかったり、腕が四本あったりして、なかなかバラエティーに富んでいながら、なぜか同じデザインの衣装を身にまとっている五、六人の人外たちが、自動改札機の前に集まっている。

もしかして、駅員だろうか。駅なら、駅員がいてもおかしくはない。彼らはきっと、オノレール鹿奔宜《ろっぽんぎ》人外横町駅とやらの駅員たちなのだ。

客の人外たちは逃げるように脇のほうに寄った。自動改札機めがけて突っ走る冒険者や飛《とび》たちに驚いて、彼らは避難したのだろう。けれども、駅員たちは逃げない。

「手◎ぱ糸＆§終糸ろ糸§！　手◎ぱ糸＆△！」

駅員が四本の腕を激しく振りながら怒鳴った。止まれ、とでも言っているのだろう。別の駅員は顔の半分以上を占める口に笛をくわえて、ピーピー吹き鳴らした。

「どうするの……⁉」

飛がたまらず尋ねると、冒険者は振り向かずに即答した。

「どうもしない！」

だと思った。

飛は一瞬、後ろを見た。遠くのほうに赤べこが何人かいる。それから、オーメンとおぼしき白いものも目に入った。

「強行突破だ……！」

冒険者は駅員を段平《だんびら》で斬ったりしなかったし、突き飛ばしたりもしなかった。ただ駅員と駅員の間を駆け抜けて、自動改札機の閉じたドアを跳び越えていった。魔法使いも冒険者と同じように自動改札機を通過した。

「わぁ、ごめんなさい……！」

灰崎《はいざき》は駅員と駅員の間をすり抜ける前に謝った。

飛はなるべく駅員たちの顔を見ないようにした。飛たちを制止しようとしている駅員に非はない。どう考えても、悪いのは飛たちだ。でも、切符を買うなどして正規の手続きを踏んでいたら、愛田《あいだ》たちに追いつかれてしまう。だから、他に方法がない――のだろうか。飛にはわからないけれど、もうしょうがない。

目の前に駅員がいる。二人の駅員が。一人はいやに頭が大きくて、その中心が渦を巻いて奥のほうに落ちこんでいる。もう一人は全身がトゲトゲしていてサボテンのようだ。トゲは色とりどりで、地肌は真っ白い。

「――ウォリャッ……！」

飛と並走していたバクが、サッカーのスライディングタックルのような感じで渦巻き人外とトゲトゲ人外の間を、ついでに自動改札機の扉の下もそのまま潜《くぐ》り抜《ぬ》けた。

「下◎§手臍……!?」

「ぱ糸笑糸下臍&臍ん◎……！」

渦巻き人外とトゲトゲ人外はすぐさま飛に向き直った。掴《つか》みかかってくる。

「飛イッ……！」

自動改札機の向こうでバクが叫んだ。そのとき飛は気づいた。飛以外は全員、自動改札機を通った。残るは飛《とび》だけだ。おかげで、飛を阻止しようとしているのは渦巻き人外とトゲトゲ人外だけじゃない。他の駅員たちも総出で飛を止めようとしている。

「わっ――」

飛は急停止した。それで目測がくるって、渦巻き人外とトゲトゲ人外がぶつかった。

「◎臍!?」「糸――!」

さらに、左右から押しかけてきた駅員たちが渦巻き人外とトゲトゲ人外に衝突し、団子状態になった。

「じ臍山糸!」「工§△△!?」「山糸糸!」「下臍◎!?」

「……ごめん」

飛は軽く頭を下げてから、団子状態になっている駅員たちを迂回《うかい》し、自動改札機の扉をひょいと跳び越えた。

「急げ……!」

突き当たりで冒険者が段平《だんびら》を振っている。そこから左右に下りの階段が延びているらしい。飛は自動改札機の先で待っていたバク、灰崎《はいざき》と一緒に突き当たりを目指した。

「ぱ糸手△△……!」

自動改札機の扉につっかかったり、強引に押し通ったりしながら、駅員たちが追いかけてくる。

左の階段を駆け下りると、そこは駅のホームだった。ピョロピョロピョロピョロとけたたましい音が鳴り響きだした。ホームにはすでに列車が停《と》まっている。

「下糸下△下◎ぱ§ん人◎臍ろ人糸工糸　糸Q臍終糸§笑△ろ臍下糸&糸　◎人糸ぱ△下臍笑糸ろ糸§」

何かアナウンスが流れた。発車間近なのか。

ホームに着いた。冒険者と魔法使いは列車に乗りこもうとしている。というか、乗ってしまった。

ドアが閉まる。飛もバクも灰崎も、なんとか閉まりきる前に乗ることができた。

一息つく間もなく、冒険者の声が飛んできた。冒険者と魔法使いは前方の車両に移動するつもりらしい。

「こっちだ……！」

ドアが完全に閉まって、列車が走りだした。その直前、駅員が二人ほど、車内に滑りこんできたようだ。

飛たちは冒険者と魔法使いを追った。飛はべつにマラソンなんてしたいとは思わないが、たぶん走れるほうだ。でも、さすがに疲れた。バクもヒイヒイ言っている。灰崎も息が上がっていて、だいぶきつそうだ。オルバーはいつの間にか灰崎の首に絡みついている。

しかしこの列車は、何というか、びっくりするほど普通の列車だ。車両の両側に長い座席が設置されていて、吊革《つりかわ》が並んでいる。飛《とび》が地上で乗ったことのある電車とさして変わらない。車窓の外は真っ暗闇だ。地下のはずだし、当然か。

乗客は、鹿奔宜《ろっぽんぎ》人外横町にいた人外たちと変わらない。ようするに、人外だ。ひょっと見したら、冒険者のような人間が一人か二人、交じっているかもしれない。でも、ぱっと見たところ、人間はいない。人外ばかりだ。混んではいない。むしろ、すいている。吊革に掴《つか》まっている乗客はいない。どの人外乗客も座席に座り、冒険者や飛たちをうろんげに見ている。仰《の》け反《ぞ》ったり、座席の背もたれにしがみついたりして、驚愕《きょうがく》や警戒心をあらわにしている人外乗客もいる。

「どこまで行くんだよ……ッ!?」

バクが怒鳴った。冒険者は答えない。

飛たちが乗りこんだのは最後尾の車両だった。その車両の前の前の前、さらにその前の前の車両まで来た。

駅員たちが追ってくる。でも、少し距離があるので、すぐに追いつかれることはなさそうだ。

「先頭車両……!?」

灰崎《はいざき》が言った。この先には車両の連結部がない。扉が閉まっていて、その向こうは運転席だ。冒険者と魔法使いが足を止めた。

「行き止まりじゃねえかッ！」

バクが冒険者に食ってかかろうとした。

「慌てるな」

冒険者は魔法使いを屈《かが》ませると、その背中に足をかけた。何をしようというのか。天井だ。冒険者は車内の天井に嵌《は》めこまれている蓋のようなものを一気に引き開けた。現れた四角い開口部から車内に騒音が流れこみ、風が吹きつけてくる。冒険者は魔法使いの背中を蹴って、開口部に飛びこんだ。

「上がるってこと……？」

飛が呟《つぶや》くと、魔法使いが掌《てのひら》を上に向けた両手を組み合わせ、来い、というようにうなずいてみせた。手伝ってくれるようだ。飛は遠慮なく魔法使いの両手に足をのせた。魔法使いが持ち上げてくれたので、開口部に届いた。車両の屋根はそう厚くない。外側の縁に手をかけて、ぐっと体を引き上げると、先に上に出た冒険者が叫んだ。

「立つな……！」

飛は言われたとおり、立ち上がらないで腰を屈めたまま屋根の出っぱりに掴まった。

「——ていうか、立てないって……」

列車は走行中なのだ。吹き飛ばされはしないだろうが、風圧がすごい。少し前のほうにいる冒険者は、体をこっちに向けてしゃがんでいる。でも、暗くてよく見えない。

「立つな……！」

　また冒険者が叫んだ。

「オワァッ……!?」

　バクだ。バクが上がってきて、飛《とび》の隣で体を丸めた。

「マジかよ、クソ――オイッ、立つんじゃねえぞ……ッ！」

　冒険者より先にバクが声を張り上げた。

「いぇえっ……!?」

　灰崎《はいざき》が奇声を発した。

「うっ、これ、低っ……!?」

　灰崎に続いて、魔法使いも自力で上がってきて、蓋を閉めた。

　冒険者に、立つな、と言われた意味がやっとわかってきた。たぶん、この列車が走っているトンネルか何かは、天井高にそこまで余裕がないのだ。はっきりとは見えないが、立ち上がったら頭がぶつかるかもしれない。何しろ走行中だから、ごつんとぶつかるだけではすまないだろう。大惨事だ。

　屋根の蓋を、何ものかが、どんどん、と叩《たた》いている。きっと追ってきた駅員だ。

　魔法使いが蓋についている手すりを掴《つか》んだ。開かないように押さえているのだろう。

「と、とりあえず……助かった……のかな……!?」

灰崎は屋根にへばりつくような姿勢になっている。そこまで頭を低くしなくても大丈夫だとは思う。ただ、そうしたくなる灰崎の気持ちは飛もわからなくはない。

「だと、いいけど……」

＃２／
僕らの声は届かない常に
Why don't you hear me

＃2-1_asahi_monika/ 私の中に咲いていた

浅緋萌日花《あさひもにか》は機嫌が斜めだった。斜めにも程があるほど斜めで、もとから極上の乗り心地とは言いがたい三列目席の振動がよりいっそう不快感を増幅させた。

萌日花がワンボックスカーに乗りこむとき、隊長ことハイエナが二列目席に座ったらどうだ的なことを言った。二列目席のほうが体にやさしくて疲れないからだろう。そして、今日は弟切飛《おとぎりとび》がいないし、この無駄に大きいワンボックスカーに、運転手のワラビーとハイエナ、萌日花の三人しか乗る予定がないので、わざわざ一番後ろの三列目席に座る必要はない。そんなことはわかっているけれど、萌日花は断って、あえて三列目席に腰を落ちつけ、シートベルトを締めた。ハイエナはいつも二列目席の奥側に座る。萌日花はハイエナの隣がいやだったのだ。

それにしても、機嫌が斜めという表現、斜めよりも悪い場合は、どう言えばいいのだろう。萌日花は腕組みをしてそんなことを考えていた。

ふだんどおり、首にかけているヘッドホンをつけて音楽でも聴き、完全に斜めになっている機嫌を少しでも立て直そう。それも考えた。

萌日花は必ずしも毎日上機嫌で過ごしている人間じゃない。自分で言うのも何だけれど

──だからべつにわざわざ言ったりしないのだが、けっこう繊細なほうだし。ただ生きているだけでも、いろいろなことが気になってしまう。ただ生きているだけでストレスを感じる。かといって、わがまま勝手な子供じゃないから、さわる者みな傷つけるようなことはしたくない。自分の機嫌くらい、自分でとる。ヘッドホンと音楽で外界の刺激をなるべく遮断するのは、そのために萌日花《もにか》が見いだした方法の一つだ。

ヘッドホンで音楽を聴いてリラックスしてもいいし、何か特定のことに集中してもいい。そうするようになってから、萌日花は「わあぁーっ」となることが少なくなった。ストレスがたまって限界を超えると、本当にもう「わあぁーっ」と叫びたくなるのだ。周りに人がいなければ、実際に叫んでしまうことさえある。

でも、今はヘッドホンをつけたくない。音楽なんか聴きたくない。

下手にいい曲が耳に入ったりしたら、泣いてしまったり、するかもしれない。

泣いたりしないけれど。

あたりまえだ。泣くわけがない。泣いて何かが解決するのか。しない。意味がない。

「あぁ……」

ハイエナの声が車内に響いた瞬間、萌日花の機嫌は斜めを通り越して逆さまになった。機嫌が逆さま。そんな言い方、ある？　萌日花は深く後悔して、組んでいる両腕に力をこめた。やっぱりヘッドホンをつけて音楽を流しておけばよかった。

「それで、あれだ。つまり……」

ハイエナはそこまで言うと、咳払《せきばら》いをした。

「調子はどうだ。具合っていうかな。体の……」

「ぜんぜん平気」

萌日花《もにか》はそう答えてから、ため息をついた。

「絶好調」

「……そうか」

「『萌日花を、頼む』」

つい飛《とび》の口調を誇張して真似《まね》てしまった。

ハイエナは気まずそうにまた咳払いをした。

「まあ……たしかに、ヒタキにそう言われたがな。納得したわけじゃないぞ」

「私のことなんて、ほっとけばよかったのに」

「そんなわけにもいかんだろうが。いくらなんでも……」

「言わなきゃわからない？」

「何がだ」

「足を引っぱるのはだけは、絶対いや」

「……引っぱってねえだろ」

「引っぱった」

「引っぱってねえ」

「引っぱった」

「……何回、繰り返すんだ？　このラリー」

「気がすむまで？」

「……そうかよ。いいけどな」

「むかつく。そういうの」

こういうときだ。猛烈に「わあぁーっ」と叫びたい。もちろん、叫んだりしない。車の中だ。任務で移動中なのだ。萌日花は一人じゃない。ハイエナと、ワラビーまでいる。

萌日花は歯を食いしばった。そうしないと、本気で叫んでしまいそうだ。顔が熱い。頭に血が上っている。恥ずかしい。

むかつく、とか。

言ってしまった。そんなこと、口に出すべきじゃないのに。よりにもよって、むかつく、なんて。子供じゃないんだから。

「……やめて。変に庇《かば》うみたいな。そんなの、慰めにも何にもならないから」

「誰が誰を慰めてるって？」

「隊長が、私を、でしょ」

「被害や犠牲を最小限に抑えるのは、大原則だ。あのときヒタキを止めるとしたら、萌日《もに》花《か》を抱えたまま追いかけるしかなかった。そいつは無理だと思って、ニセバチにヒタキを追わせて、離脱を優先した。——ニセバチは見つかって、潰されちまったがな。あの判断は正しかったと思ってる」

「それはわかってる。異論はない」

「だったら、何だってんだ……」

「隊長はしくじった私を責めるべきだし、まあしょうがないみたいな感じですませるのは間違ってるって言ってるの」

「説教でもしろってのか？」

「それが筋でしょ」

「自分の過失を認識して、十分責任を感じてるやつに、これ以上、何を話せばいい」

「何かあるでしょ。隊長なんだから。大人でしょ」

「大人は万能じゃねえぞ……」

「万能だなんて思ってない。大人もただの人間。未熟だし、欠点だらけ。とくに隊長は」

「そこまでストレートにディスられると、微妙に傷つくって」

「傷つけようとしてるし」

「なんでだよ！」

「あの」

運転席のワラビーがめずらしく声を上げた。

「そろそろ現着します」

ワラビーは極端に無口だ。萌日花はワラビーの家族構成も、出身地も、生年月日どころか、年齢すら知らない。仕事に関する連絡事項以外のことを、彼はめったに話さない。きっと、萌日花とハイエナのやりとりがよほど聞くに堪《た》えなかったのだろう。それか、ひょっとしたら、言い合いが口喧嘩《くちげんか》になる前に止めてくれたのかもしれない。

萌日花は腕組みをほどいて、両手を腿《もも》に押しつけた。機嫌はまだ斜めに傾いているけれど、頭は冷えた。

「……ごめんなさい、隊長」

「謝るな」

ハイエナはそっけなく言った。

「俺が悪い」

悪くないでしょ、と言い返したくなったが、萌日花は我慢した。

ワラビーが運転する車は、左折して鹿奔宜《ろっぽんぎ》ヒルズの地下駐車場に下りてゆく。

「所有者の許可はあっさりとれたし、堂々と調べられるが、さて――」

ハイエナが呟《つぶや》くように言った。

ワラビーは来客用のスペースに車を停《と》めた。ハイエナが手先で弄んでいた黒い帽子を被《かぶ》って先に下り、萌日花《もにか》も続いた。

この鹿奔宜《ろっぽんぎ》ヒルズという二十階建ての建物は、一階と二階が商業施設で、三階から二十階まではマンションだ。地下駐車場は居住者専用で、商業施設利用者向けの駐車場はことは別にある。

十八階分の戸数に対応している駐車場だ。広々としているが、何の変哲もない。地下駐車場と言ったら誰でも思い浮かべそうな地下駐車場だ。コンクリート打ちっぱなしで、天井には配管が露出している。塗り床はすべすべしていて、目立つようなひび割れはない。しっかりと管理されていて、手入れが行き届いているようだ。

「テナント、住居含めて、今回の件に絡んでいそうな人物、法人が借りたり持っていたりする物件はない」

ハイエナの靴音が反響してやけに大きく聞こえる。見たところ、駐車場内にハイエナと萌日花以外の人影はない。通勤などの車の出入りが激しい時間帯を除けば、だいたいこんなものだろう。

「たとえば、魁英学園《かいえいがくえん》の理事長とか、その親族、関係者が部屋を持ってるとか、建物のオーナーと何らかの繋《つな》がりがあるとか……叩《たた》けば埃《ほこり》が出るんじゃねえかと踏んでたんだが、今のところはそういうわけでもなさそうだ」

「愛田日出義《あいだひでよし》は、あえて自分たちと無関係の場所に私たちを誘いこんで、待ち伏せしたってこと？」

「特案の情報処理課が突っこんで調べてる最中だからな。無関係と断定するのは早い」

「だけど、カワウソはこの建物のどこかにいたはず」

「魁英学園の理事長と、愛田だの木堀《きぼり》だのとの関係性も見えてこねえ。ただの上役と部下なのか。理事長が命令者で、愛田たちは実行者ってのも腑《ふ》に落ちん」

「愛田と木堀には前科があるし」

「特案にとっては指名手配犯でも、刑事事件の容疑者じゃねえからな。警察に逮捕させて取り調べるってわけにもいかん」

「じゃ、愛田と木堀が理事長を丸めこむか脅すかして、利用してるっていうのは？　主犯はあくまでも愛田と木堀、それか、二人の背後にいる組織なり、個人なり――」

「可能性はある。もしそうだとしたら、理事長はとんでもない弱みを握られてるか、もしくは、何か共通の理念とか思想で愛田たちと繋がってるか……」

「人外絡みの」

「理事長の松門美呼人《まつかどみこと》って男がまったく捉《つか》まらん。週に何日か、数時間は学園内にいるらしいが、プライベートジェットだのヘリだので国内外を飛び回ってる」

「お金には困ってなさそう」

「それどころじゃねえよ。三大投資家ってのがいるだろ」

「バフェット、ソロス、ロジャーズ?」

「何でも、松門《まつかど》は彼らと飯を食ったことがあるんだと」

「前、あったよね。バフェットって人とランチする権利のオークション、千九百万ドルで落札されたとかってニュース」

「……あったか? よく知ってるな……」

「松門って人、マスコミに取り上げられることはあっても、表にはほとんど出てこないし、謎めいてる」

この地下駐車場は出入口からぐるっと一周できる造りだ。萌日花《もにか》とハイエナはまず一回りしてみたが、やはりとくに変わったところはない。

「どうだ?」

ハイエナが帽子を片手で押さえ、横目で萌日花を見た。

萌日花は首を横に振ってみせた。

「普通にしてて感じとれるレベルの人外はいないみたい」

「そうか……」

ハイエナは何か言おうとしてやめ、一つ息をついた。もしそのまま何も言いださなかったら、萌日花はハイエナのことを許せなかったかもしれない。

「頼む」

ハイエナがぶっきらぼうに言った。

萌日花はハイエナの腕を拳で軽く叩《たた》いた。

「了解」

伊達《だて》や酔狂《すいきょう》で特案の実行部隊に所属しているわけじゃない。浅緋《あさひ》萌日花にはできることがある。それは萌日花にしかできない。萌日花にはできるのだから、やるべきだ。

やるべきこともやらずにいたら、何のために生きているのかわからない。

萌日花は両手を重ねて胸の真ん中あたりに押しつけ、目を閉じた。深呼吸をする。


――私には、何もないんだから。


意識を自分自身の中に潜らせてゆく。萌日花の意識はいろいろなもので形づくられているが、記憶はとりわけ重要な要素だ。

自分という人間は何者なのか。

どこで生まれて、どんなふうに育ったのか。

両親はどんな人だったのか。

祖父母は？　親戚は？　近所の人たちは？　最初にできた友だちは？

初めてチョコレートパフェを食べて、すごくおいしかったこと。動物園に行って、キリンの大きさに驚いた思い出。お気に入りのコップを落っことして割ってしまい、悲しくて泣いてしまった日のこと。お父さん、お母さんと、河川敷で花火を見た夜。誕生日に買ってもらったプレゼント。サンタクロースが靴下に入れてくれた贈り物。

ない。

一つもない。

萌日花《もにか》には何もないのだ。覚えていない。

はっきりとした記憶は、クリーム色の天井を見上げていたこと。明かりはついていなかった。夜じゃない。昼間だった。

横を向こうとした。でも、体が動かなかった。

また、クリーム色の天井。

体が動かない。

天井。

動いてくれない、自分の体。

その繰り返し。

少しずつ動けるようになっていった、その経過は、不思議なほど覚えていない。

マスクをつけていても目だけで笑う看護師たち。髪が半分白くなった眼鏡《めがね》の医師。

彼ら、彼女らが、何を言っているのか、萌日花は初め、理解できなかった。日本語が理解できなかったというより、言葉というものがわからなかったのだと思う。それらは何の意味も持たない音でしかなかった。

だんだんわかってきたのか。思いだしたのか。それも判然としない。

ハイエナと会ったときの記憶はある。

萌日花はベッドに腰かけていた。黒い服を着た男がパイプ椅子を持ってきて、萌日花の前に置いた。髭《ひげ》は伸びていなかった。ちゃんと剃《そ》っていたと思う。髪の毛も、今よりきっちりと後ろに撫《な》でつけていた。帽子は被《かぶ》っていなかった。手に持ってもいなかった。代わりに、紙袋を持っていた。それをベッドサイドテーブルの上に置いた。

『よかったら、食べてくれ』

男はパイプ椅子に座って、萌日花と目線の高さを合わせるどころか、萌日花よりも低い位置から、少しだけ見上げた。

『いいんだ』

そのときはもう、言葉を理解できるようになっていたのだろう。男がそう言って、ちょっとだけ笑みのような表情を浮かべたことを、萌日花は覚えている。

『何か話して欲しいわけじゃない。ただ、きみは安全だ。俺たちが守る。何も心配することはない。大丈夫だ』

けれども、萌日花《もにか》は何も心配してなんかいなかった。

いったい何を心配すればいいというのだろう?

目を覚ますと、一人だった。一人きりで、何もなかった。

本当は、違う。

それだけはわかっている。感じるのだ。

萌日花は生まれたときから一人だったわけじゃない。あたりまえだ。父と母がいたはずだし、誰かに育てられた。思い出の一つや二つ、あったはずだ。記憶に残るような出来事が、たくさん、いくらでもあったに違いない。

そして、そばに何かがいた。ずっと一緒だった。

これっぽっちも覚えていないし、どうやっても思いだせそうにないけれど、萌日花にはわかる。それだけはわかっていた。

大切な部分が、すっぽりと抜け落ちてしまっている。

あれから、萌日花は言葉を取り戻し、支えてくれる人たちがいて、笑うことさえできるようになった。

でも、相変わらず、抜け落ちた部分には何もない。

そこには空白がある。

きっと、取り戻せない。

以前は望みを持っていたけれど、期待しても無意味だと思い知らされた。この目で見てきたからだ。失われた人外は決して戻ってこない。たとえ記憶が蘇《よみがえ》ったとしても、かけがえのないもう一人の萌日花だった人外とは、二度と会えない。

きっと、じゃない。

萌日花は決して取り戻すことができない。その空白は埋まらない。空白を抱えたまま、生きてゆかないといけない。

望みはない。期待なんかしていない。

——嘘《うそ》。

そんなのは嘘だ。

無駄だとわかっているのに、萌日花はいまだに希望を捨てられずにいる。

どうか返して。他には何もいらないから。ぜんぶ差しだしてもいい。

このまま生きていかなきゃいけないなんて、無理。生きた心地がしない。

だから、返して。

お願いだから。

この胸の奥にあるどうしようもない空白に、萌日花は手を突っこむ。

もちろん、さわることはできない。それは空白だから。存在しないから。

それなのに、とても冷たい。感触とは言えない感触がある。萌日花《もにか》の全身を凍《い》てつかせるような、不快感、恐怖、絶望、そのどれとも違うのに、どこか似ている。怖くて、苦しくて、逃げたくて、でも、求めずにはいられなくて、撥《は》ねつけられ、吸いこまれて、そこには何もなくて、冷たい。ひたすら、冷たいだけ。

その空白に、ふれることはできないのに、手を突っこむと、萌日花の奥のほうにある器官のようなものが、繋《つな》がるはずのない何かに繋がる。

萌日花は目を開ける。世界は一変している。そうじゃなくて、世界はちっとも変わっていないのに、萌日花には別物に見える。色がない。コンクリート打ちっぱなしだからじゃない。駐《と》まっている車は色とりどりだ。でも、萌日花にはそれらの色を識別することができない。空白に手を突っこんだ萌日花にとって、そうした色には何の意味もない。

——萌日花。

萌日花、と、ハイエナが呼んでいる。

ハイエナにはちゃんと色がある。ハイエナと、彼の背中や帽子の裏に潜んでいるニセバチたちには。

大丈夫、と萌日花はハイエナに答える。

萌日花は色を探す。

色だけじゃない。それは音でもある。匂いでもある。風のような流れでもある。空白に手を突っこんだ萌日花には、この色、音、匂い、流れのほうが、本物らしく感じられる。この色、音、匂い、流れに包まれているこちら側が本当で、あちら側は偽物《にせもの》なのだ。萌日花は心底そう思わずにいられない。

だから、萌日花は寂しくなる。

これこそが本物なのに、萌日花はこちら側に属していない。

人外がいないからだ。

萌日花は永遠に人外を失ってしまった。

こうやって、こちら側を見て、嗅いで、聞いて、感じることができる。けれども、萌日花はこちら側の住人じゃない。こちら側に萌日花の居場所はない。

その証拠に、萌日花にも色がない。

色を探さないと。

萌日花は歩く。さっきと同じ、駐車スペースじゃない、車が通る道の脇のほうを歩いている。でも、一度目に歩いたときとはまるで違う。地面が地面じゃないかのようだ。自分の体から皮膚も筋肉も、内臓まで剥《は》ぎ取られ、骨だけになったかのような心地がする。

癒えることのない傷口のような空白に手を突っこまなくても、人外がいればそれとなく感じとれる。空白に手を突っこんでいれば、もっとはっきりと見えるし、感じられる。

ハイエナのニセバチを除いて、人外はいない。

今、この地下駐車場には萌日花《もにか》とハイエナしかいないわけだから、べつに不思議じゃない。人外と人間は結局のところ表裏一体だ。例外はあるとしても、人間がいないところに人外はいない。

一秒が十秒に感じる。一歩が十歩。目の裏が痛い。そのあたりに針が百本くらい刺さっているかのようだ。喉の奥まで鉄の棒を差しこまれているみたいに、息ができない。

ただそんなふうに感じるだけ。

大丈夫。

色を探すのだ。せめて、できることをやらないと。萌日花には何もない。やるべきことをやらない自分には、何の価値もない。

——ここは……?

壁。

駐車場の。あたりまえだ。地下駐車場にいるのだから。

あの、壁。

そのあたりには車が停《と》まっていない。近くにエレベーターがある。

壁。

何かおかしい。

うっすらとだが、色がある。何色ともつかない、色が。

萌日花は目をつぶって、空白に突っこんでいた手を引き抜く。もちろん、あくまでもイメージだ。実際に体の中に手を突っこんでいたわけじゃない。そんなことはできない。でも、まるで本当にメスか何かで皮膚や脂肪や筋肉を切り開いて、肋骨《ろっこつ》を切除し、素手で心臓を鷲掴《わしづか》みにしていて、今、放した——そんな感覚に襲われる。切開した部分は閉じていない。傷口は開いたままだ。ふさがることはない。永遠に。

萌日花は目を開ける。うずくまってしまいそうになる。でも、歯を食いしばって我慢する。鼻だけで呼吸をする。

「萌日花……！」

ハイエナが駆け寄ってくる。萌日花は、大丈夫、と片手を上げてみせる。これくらい、どうってことない。ただ痛くて、苦しくて、つらいだけ。かえって、生きている感じがする。浅緋《あさひ》萌日花もがんばっている。

落ちついてきた。もう平気だ。萌日花は問題の壁に近づいてゆく。

「何か感じたのか？」

ハイエナが萌日花を追い抜いて、壁に手をついた。

「……ん？」

顔をしかめる。

萌日花《もにか》も壁をさわってみた。冷たくて硬い。コンクリートの手ざわりだ。

ハイエナは拳で壁をこつこつと叩《たた》いた。耳を寄せて、また叩く。

「妙だな」

「何が？」

「俺も詳しくはないが、こういうとこのは鉄筋コンクリートか、鉄筋鉄骨コンクリートだろう。それにしては、どうも――」

ハイエナはそばを離れて、エレベーターのほうに行った。エレベーターからそれほど離れていないところの壁をさわる。

「おい……」

手でふれるまでもない。見ただけで萌日花にも異状がわかった。

「段差がある？」

「ああ」

ハイエナはあとずさりして壁から少し離れた。

「……何か埋めこんでるのか。壁に……板か何か。その上に、コンクリートを塗りこんだ。てことは……ここに何かあった？　そいつを、埋めた。隠した……」

「よく見ると、盛り上がってる部分のコンクリートは他よりも新しい感じがする」

「たしかに――」

ハイエナは靴先で壁を蹴り、掌《てのひら》で打った。

「ここか？　この先に、カワウソが……」

「壊してみればわかる」

「馬鹿言うな。コンクリートだぞ。そんな簡単に壊せるかよ」

「なんとでもなるでしょ。機械か何か持ってくれば」

「器物損壊罪って知ってるか？」

「知ってる。刑法二六一条。でも、この場合って、二六〇条の建造物等損壊及び同致死傷に該当するんじゃない？」

「……とにかく、警察に頼んで令状を取るのは厳しいだろうな。根拠がない。所有者に事情を説明して、許可をとるか。所有者がこの件を把握してるかどうかにもよるが……」

「今すぐは、無理」

萌日花はため息をついて、うなずいた。

「そうだね。感情的になって雑なこと言った。ごめん、隊長」

「だから、謝るなって……」

ハイエナは帽子に右手をかけ、左手で腰を押さえた。

「しかし、解《げ》せねえな。所有者が何か知っているとしたら、そもそも俺らが駐車場の調査に入ることをすんなり受《う》け容《い》れるか？」

「どっちにしても、もしこの先に通路や部屋があったなら、図面にも載ってるはずでしょ。その程度なら、すぐ調べられる。ここにあったものがなくなったのであれば、居住者に話を聞くだけでもはっきりしそう」

「とりあえず、その線で進めるか。問題は――」

「初めから、ここに何もなかったとしたら」

萌日花《もにか》は壁を睨《にら》みつけた。この壁には、ぼんやりとではあるものの、間違いなく色があった。人外や、人外視者と同じような色が。

「普通の人たちには見えない。感じとれないし、存在しないのと同じ――何かがあって、飛《とび》たちは今、そこに……？」

#2-2_hyuga_masato/　真実は見えない光

ましゃっとこと日向匡兎《ひゅうがまさと》にとって、楽しい、は正義で、つまらない、退屈は悪以外の何物でもない。

食べ物なら、うへっ、というくらい甘いスイーツとか、んんんーっ、と顔が歪《ゆが》むほどすっぱいレモンとか、汗が噴きだして止まらなくなるような激辛ラーメンが好きだ。常温の水なんて気持ち悪くて飲めない。飲み物はきんきんに冷えていて欲しい。ルーヴィはずっと一緒にいるのに飽きないから大好きだし、それから何より、Sだ。初めてSの動画を見た瞬間、脳みそがスパークした。変な汁がドバドバ出まくって、おかしくなりそうだった。というか、あれでましゃっとは本格的におかしくなったのかもしれない。

まず、曲調とか、歌詞とか、動画のテイストが好みすぎる。

今も部屋のベッドに寝転がり、イヤホンをつけてSの『作品＃２』をスマホで視聴しているのだが、何回見ても、見れば見るほど、いいよなあ、と思う。

ましゃっとは楽器といったらリコーダーや鍵盤ハーモニカくらいしか演奏できないし、歌もべつに得意じゃなくて、音楽的素養みたいなものはゼロだ。それなのに、Sの楽曲は完璧に覚えている。脳内で完全に再現できる。目をつぶって、よし、あの曲、と思うだけで、瞼《まぶた》の裏に動画が流れはじめ、楽曲が再生される。だから、わざわざ動画を見るまでもないのに、一日に最低一回は全楽曲の動画を見返さないと気がすまない。我ながらハマり方が尋常じゃなくて、やばすぎる。

Sの歌詞は難解だ。初見ではあまり意味がわからない。それでいて、雰囲気というか、イメージ、きっとこういうことを伝えたいんだろうな、というようなものは、どうしてか頭に入ってくる。

この『作品#2』は、Sファンの間で「赤い花」と呼ばれているが、赤、という色の名前も、花、という単語も、歌詞にはなんと一切出てこない。動画では、きっとあえてなのだろう、はっきり赤だと言いきれる色は使われていない。花そのものも描かれない。それなのに聴いていると、頭の中が満開の赤い花で埋め尽くされるのだ。

ちなみに『作品#2』は、俗に、宮城県連続不審死事件、と呼ばれる事件が起こる前に公開された。

マイナーな事件じゃない。宮城県仙台市の民家で、この家に住む三人の男女が、体内から真紅の花を咲かせて死亡している状態で発見された。その後、別の集合住宅の一室でも、四名が同じような死に方をしている。かなりメジャーな怪事件だ。

ネットで探せば、事件現場で撮影されたという画像が出てくる。解像度が低くて、血だか花だかわからないが、とにかく赤い。画像は本物なのか、フェイクなのか。フェイク説が優勢だけれど、事件自体は実際にあった。ばんばん報道されたので、間違いない。

事件が発生する前に、Ｓはまるで予言するかのように『作品＃２』を発表したのだ。すごくない、これ？　すごすぎて、引くレベルでしょ。

でも、Ｓにまつわるそうした逸話は数知れない。もっと言えば、Ｓの楽曲はどれもこれも曰《いわ》く付《つ》きだ。読み解くと、札幌《さっぽろ》市連続放火事件、横浜《よこはま》連続殺害事件など、十人以上の死者が出ている未解決事件の真相に迫っていたりする。少なくとも、真相らしきものが浮かび上がってくる。

それなのに、だ。

動画共有サイトでただなんとなくＳの楽曲を聴いているだけのライト層は、これらの予言的内容、特別な事情を、ほとんど、もしくは、まったく知らない。

メジャーデビューしているアーティストじゃない。動画しか公開していない。ボーカルは合成音声か、ゴリゴリに加工されているのか、とにかく性別も年齢も不明な、Ｓという謎めいたクリエーターがいる。その動画、楽曲は、オリジナリティーがあって、かっこよくて、かわいくて、クオリティーも高い。一般的には、おおよそそんなふうに認知されている。というか、一般人は存在すら知らない。

特別感がある、というか。

感、じゃなくて、まさしく特別なんだけど。

「……あ。そろそろか」

名残惜しいが、ましゃっとは動画アプリを終了させた。見れば、ルーヴィがベッドのそばで何かのダンスを踊っている。

「てか、それ何のダンスなの？」

ルーヴィは高速でステップを踏みながら、体を左右にくねらせ、ウサギみたいな耳をぴょこぴょこぴょこぴょこと曲げている。首をひゅひゅっと左右に振ってみせた。

「わからんのかぁーいっ。ははははっ。もう。マジおもろいわー。ルーヴィ、最高」

ベッドから下りて、身支度はすませてあったから、部屋を出た。

東棟五階にはひとけがなかった。皆、すでに地下一階に下りたあとらしい。

ましゃっととルーヴィはエレベーターに乗りこんだ。

「あー……」

震えてきた。

「めでたく週が明けて、どんなふうになってるか、楽しみ。唯虎《ただとら》、戻ってきてないっぽいけど、どうなんだろ。あれはなぁ。傑作だったよね。いやぁ。勝っちゃうかと思ったもん。タッツーに。てか、唯虎のセラがロードに、か。同じことか。それがさぁ。大逆転しちゃうんだもんなぁ。勝ったはいいけど、タッツー、変になっちゃってたし。ほぼ別人みたいになってたし。土日、部屋から出てこなかったっぽいけど、どうなのかなぁ、タッツー。

やっばっ。楽しみしかない。弟切《おとぎり》が行方《ゆくえ》不明なのもなぁ……」

エレベーターが地下一階で停《と》まった。A教室に入る前に、トイレに寄った。楽しみすぎて緊張してきたせいか、尿意を催したのだ。

ちゃんと手を洗ってA教室に入ると、もう教卓のところに愛田日出義《あいだひでよし》が立っていた。

「遅えぞ、日向《ひゅうが》」

「あぁおっ、すぃやせぇーん、ごめんしゃい！」

ぺこぺこ頭を下げて自分の席へと急ぎながら、ましゃっとは教室の中を素早く見回した。

由比《ゆい》唯虎は、いた。戻ってきたんだ、唯虎。自分の席についている。普通に、じゃない。目がどんよりしていて、体が右側に傾いている。どうしちゃったんだよ、唯虎。おもしろすぎるんですけど。

タッツーこと辰神令《たつがみれい》も着席していた。ただ、以前のタッツーしか知らない者なら、二度見、三度見して、いや、違う人か、と思うだろう。めちゃくちゃ痩せて、頬《ほお》がこけ、目が落ち窪《くぼ》んでいる。ウェーブがかかった髪の毛は、もともと明るい色だったが、もはや白っぽい。とてつもなくショックな出来事があると、一気に白髪になってしまう、という話を聞いたことがある。あれなのか。

もっとも、仙人か何かみたいなタッツー本人を超える、インパクト大、大すぎて大々的な存在が、A教室の後ろにわだかまっている。

それは人の背丈ほどの高さはゆうにある、赤黒いゼリーのかたまりだ。ゼリー。何味のゼリー？　いちご？　違う。ぶどう？　違う。赤ワイン味とか？　違うだろう。ぷるっとしているからゼリーっぽくはあるのだが、半透明というか、濁っている。その内部で蠢《うごめ》いているのは、何なのだろう。一つじゃなくて、いくつもある。動物の体の一部をぐちゃっとさせたような、内臓的なものが。

てっぺんに角が三本生えている。

あれがロード。

ロード。

あんなふうになっちゃって。

人外を失った生徒たちはともかく、まだ人外がいる酒池《しゅち》ほまり、音津美呼《ねづみこ》、蛇淵愁架《へびぶちしゅうか》、犬飼茉知《いぬかいまち》、四人の女子たちは、そうとう居心地が悪そうだ。というか、萎縮している。ビビっているのだ。タッツーとロードに。

そりゃビビるって。ましゃっともさすがに怖い。ぴょんぴょん跳ねてついてくるルーヴィはそうでもなさそうだ。まあ本当は、ましゃっともそこまで怯《おび》えてはいない。ルーヴィが余裕をぶっかましているので、なんとなく大丈夫だろうという気がしている。

ましゃっとは席について、タッツーに向かって手を振ってみせた。タッツーはましゃっとに気づいたようだが、何の反応も示さない。

「木堀《きぼり》先生は所用で休みだ」

愛田《あいだ》はそう言うと、選抜生たちをざっと見て薄笑いを浮かべた。

「アクシデントも悪くはねえ。おまえら、だいぶ仕上がってきたじゃねえか」

「はぁーい！」

ましゃっとは椅子から腰を浮かせて挙手した。

「日出義《ひでよし》先生、はいはいはぁーい！　はいっ！」

「……何だ、日向《ひゅうが》」

「有希《ゆき》先生の所用って何ですか？　推しのライブとか？　ひょっとして、親戚か親友の結婚式だったり？」

「所用は所用だ。プライバシーってのがあるんだよ」

「えぇー。じゃあ、弟切《おとぎり》は？　部屋にもいないっぽいけど、なんで休みなんですかね？」

「やつは許しがたいことに無断欠席だ」

「ふぅーん。弟切と有希先生が休みなのって、なんか関係あったり？」

「日向ァ――」

愛田は右手の人差し指と親指で自分の唇の左端をつまむと、チュゥゥ……とおかしな音を立てながら、右端のほうめがけて移動させた。

「余計な詮索はするんじゃねえ。口を閉じてろ。わかったか？」

「はいっ！」

ましゃっとは元気一杯に即答した。

「日出義《ひでよし》先生にキレられるような質問はなるべくしませーん！　気をつけます！」

「なるべく、じゃねえ。絶対にするな。ソレと、有希《ゆき》先生じゃねえ。木堀《きぼり》先生だ」

「了解！」

ましゃっとはウインクをして、両手でハートを作ってみせた。キレるかな、と思ったが、愛田《あいだ》は舌打ちをしただけだった。

「とにかく、おまえらは学生らしく、せいぜい勉学に励め。いいな。それから、酒池《しゅち》」

「……ふぃっ？」

いきなり名を呼ばれて、ほまりんがびくっとした。愛田は顎をしゃくってみせた。

「訊《き》きたいことがある。このあと準備室に来い」

ほまりんは下を向いた。

「……は、はぁーい……」

ましゃっとはついニヤッとしてしまった。愛田が出ていったら、ほまりんに声をかけよう。一人だと心細いだろうし、ついていってあげよう。そんな目論見《もくろみ》を見すかされてしまったようだ。

「日向《ひゅうが》」

愛田に釘《くぎ》を刺された。

「おまえはついてくるんじゃねえぞ。邪魔だ。酒池、一人で来い。連れてきてもいいのは人外だけだ」

＋＋＋＋＋＋＋＋

通路で待っていると、ほまりんとその人外、ナマケモノ顔の鶏デッドオーが、準備室から出てきた。

「ほまりん、ほまりん！」

ましゃっとが近づいてゆくと、ほまりんは目をしばしばさせて、ふぅー、と大きく息をついた。

「……ましゃっと。やぁ。なまら緊張した……」

ドアは閉まっているとはいえ、あまり準備室の近くで話すのも何だ。ましゃっとは手招きして、歩きながらほまりんと話すことにした。

「どしたの？　何？　訊きたいことって？　何、訊かれたの？　大丈夫だった？　平気な感じ？　慰めが必要？　だったらいくらでも慰めるよ？」

「……慰めとかはいらないかな。ほまり、弟切《おとぎり》のこと、手伝ったんだよね」

「手伝った？　何を？　え？　何？　何？」

「抜けだすの。金曜の夜。回廊の窓から弟切《おとぎり》が出てったあと、閉めただけだけど」

「えぇっ。何それ。ほまりん、共犯ってこと？　やばいじゃん。犯人の片割れじゃん。犯人ではないか。犯罪じゃないもんね。ごめんごめん。大袈裟《おおげさ》だった」

「よくわかんないけど、弟切、ほまりのこと信用してくれて。大事なことっぽかったし」

「あぁ。まあ、あんなことがあった直後で、冷静じゃなかったのもあったりする？」

「……かな。唯虎《ただとら》と辰神《たつがみ》くんの戦抜は、たしかにショック大きかった」

「ううん。そっかぁ。でもなぁ、それなら弟切、俺に頼んでくれればよかったのにね。いや、俺のことは信用できないか。一回、騙《だま》してるしねぇ。それで、ほまりん、日出義《ひでよし》先生にぜんぶしゃべったの？」

「弟切には、訊《き》かれたら、脅されて仕方なくやったって言えって。でも、ほまりは頼まれただけだし。いいよって答えたのは、ほまりだし」

「嘘《うそ》つけないっていうか、つく気がないってのが、いかにもほまりんだよねぇ。そういう人だから、弟切にも信用されるんだよね。うさんくさい俺とは大違いだね！」

「……自分でもわかってるんだったら、なんとかしたらいいしょや」

「うん。そこはね。ほまりんと同じ。そういうほまりんがほまりんだし、こういう俺が俺なんだよね。他人にはいくらでも嘘つけるけど、自分自身は騙せないじゃん？」

ましゃっとは教室のドアを見た。A教室。B教室。C教室。選抜生たちはC教室にいるだろう。辰神令《れい》もロードを連れてC教室に入っていった。

ほまりんは教室に入ろうとしない。彼女が通路の壁に背を預けると、デッドオーは主《あるじ》の両脚の間にぴったりと収まった。

ルーヴィは飛び跳ねたり回転したりしている。いつもどおりだ。

ましゃっとはほまりんの隣にしゃがんだ。

「ほまりんは、弟切に頼まれたとおりにしただけで、他のことは何も知らない……日出義先生、それで納得してた？」

「どうかな。わかんない。なんか、怖かったけど」

「そっか。一応ね。用心したほうがいいよ。何かあったらさ、すぐ言ってね」

「……ましゃっとに？」

「俺、あてにならない？」

「そうじゃないけど。そうじゃなくなくもない……かなぁ」

「どっちだよ」

ましゃっとは笑った。

選抜クラスの女子の中でも、ほまりんのことはけっこう気に入っている。弟切がほまりんを信用して頼みごとをしたのも、理解できるような気がした。弟切は人を見る目がある。

それに、何かに関わっていて、もしかしたら、ましゃっとがまだ知らないことを、弟切《おとぎり》は知っている。

「ほまりんさ、Sって知ってる?」

「えす? サイズのS?」

「違う違う。これこれ」

ましゃっとはスマホを出して、『作品#2』の動画を再生した。音はふだんイヤホンで聴くので、ボリュームはかなり低くしてある。しゃかしゃかという感じの小さな音が通路に響いた。

ほまりんはしゃがんでましゃっとのスマホをのぞきこんだ。自然とほまりんの右腕とましゃっとの左腕がふれあう恰好《かっこう》になった。

「……んん? 初めてかな? たぶん初めて。けど、なんか、かっこいいね。絵、ちょっとグロい? でも、かわいいし」

「これSの曲」

「へぇ。有名な人?」

「一部ではね」

「けっこうわかんないよね。すっごい流行《はや》ってる曲じゃないと」

「あぁ、CMとか、アニメの主題歌とか?」

「そうそう。そういうのだと、何見てもいっぱい流れてくるから覚えちゃうけど。ほまり、音痴だからさ、あんまり歌ったりとかしないし」

「ほまりん、音痴なんだ？」

「や、わかんないんだけどね」

ほまりんの抑揚は、出身地の北海道訛《ほっかいどうなま》りなのか、特徴的でおもしろい。普通は、わかんない、だと「か」にアクセントを置きそうだが、ほまりんは「ない」を強めに発音して、わがんない、というふうに「か」が少し濁って聞こえる。

「音痴って自分でわかんないんでしょ。ほまりはちゃんと歌ってるつもりでも、カラオケで友だちに笑われたりしたからさ。したっけ、ほまりも音痴だと思うしょや」

「笑われたんじゃなくて、ほまりんがかわいいから、みんな笑っちゃうんじゃない？」

「はぁー？　なんでかわいかったら笑うのさ」

ほまりんの顔が少し赤らんだ。ましゃっとはつい笑ってしまった。

「なんでだろうね？」

「笑ってるしょや。そやってほまりのこと馬鹿にして……」

「馬鹿になんかしてないって。俺さ、じつは、この学校入った理由、Sなんだよ。これ誰にも言ったことないんだけど。今、初めて話してる」

「……どういうこと？」

ほまりんは首を左に傾《かし》げた。その結果、ほまりんの頭がましゃっとから遠ざかった。けれども、ほまりんの右腕とましゃっとの左腕はくっついたままだ。ましゃっとから離れようとしないわけじゃなくて、ほまりんはおそらく、何も意識していないのだろう。

このまま話を続ければ、まだほまりんとこうしていられる。べつにましゃっとは、そのために打ち明け話をしているわけじゃない。でも、なんだかまるで付き合っているみたいで、悪い気はしない。

「この動画、アップしてるの、S本人じゃないんだよね。M尊《エムそん》っていう人で」

「えむそん？　変な名前」

「本名じゃないよ。ハンドルネームっていうのかな」

「ミドルネームみたいなの？」

「ちょっと違うけど。ネット上で使う芸名とかペンネームみたいな。アルファベットのMに、尊敬の尊でエムソンなんだけど、彼もある界隈《かいわい》では有名人なんだよね」

「んん……？」

「尊敬の尊って、そん、だけじゃなくて、みこと、とも読むんだよ。日本武尊《やまとたけるのみこと》とかの」

「ちょっと知ってる。なんか、神話？　とかに出てくる人？」

「うん。で、M尊って、本当は、エムノミコトって読むらしくてさ」

「エム……ミコト……みこと？　あれ？」

ほまりんが、今度は左じゃなくて右に、ましゃっとがいるほうへと頭を倒した。

「そういう人いなかったっけ。みこと……うちの理事長って、美呼人《みこと》だよね。下の名前。美しく呼ぶ人。松門《まつかど》美呼人。松……ま……Ｍ？　あれ？」

ほまりんは天然気味だし、勉強も好きじゃないみたいだ。運動神経は悪くないけれど、球技は大の苦手らしい。ただ、鈍い子じゃない。

「ちょっとおもしろいでしょ？」

「……それだけで入ったの？　この学校」

「他にもあるよ。ていうか、ほまりんもだろうけど、狙い撃ちでうちの選抜生にって誘われたのがきっかけだし。そっから調べはじめたら、いろんな事実が繋《つな》がって、行くしかないってなったんだよね。そうだ、ほまりん、これ、何て読むかわかる？」

ましゃっとはスマホのメモアプリを起動して、Ｘと入力してみせた。文字が小さめだから、ほまりんはよく見ようと、スマホに顔を近づけた。それで二人の体がよりいっそうくっついた。

デッドオーがナマケモノみたいな目でジトッとましゃっとを睨《にら》んでいる。ましゃっとはデッドオーに微笑《ほほえ》みかけた。ましゃっとが頼んだわけじゃない。ほまりんのほうからくっついてきたのだ。

「……ばってん？　えっくす？」

「そう思うじゃん。だけどね、見てて」

ましゃっとは、フリック入力で、か、い、と入力してから、変換、をタッチした。海、とか、回、会、カイ、などに続いて、「X　ギリシャ文字（大文字）」という項目が表示されている。ましゃっとがXを選択すると、ひらがなの「かい」は「X」になった。

「エックスじゃないんだ、これ。カイなんだよ」

「……だから？」

「その先は、微妙にアングラな領域だったりするし、ほまりんが知りたければ教えるよ」

「あなぐらって、なんかめっちゃあやしくない？」

「あなぐらじゃなくて、アングラね。でも、この学校って、M尊《エムそん》こと松門《まつかど》美呼《みこと》人理事長に代替わりして、名前が変わったでしょ」

「うん。前は松黎院学園《しょうれいいんがくえん》だったんだよね」

「M尊が魁英学園《かいえいがくえん》に生まれ変わらせた。カイエイにね」

「……ううん。よくわかんない」

「もっと教えて欲しい？」

「それって――」

ほまりんはやっとましゃっとから少し離れた。

「なんか、怖いこと……だったりしない？」

ましゃっとはちょっと残念だった。ちょっとだけだ。

「俺、誰かを傷つけたいとか、まったく思わないよ。むしろ、誰も傷つかずにすむならそれが一番だって、本気で思ってる。だけど、そんなうまくはいかないわけじゃん？」

「いかない……かなぁ？」

「だって、俺らってさ、ただ生きてるだけでも、何かを犠牲にしてたりするんだよ」

「ほまりはそんなつもりないけど……」

「言っとくけど、ほまりんを責めてるわけじゃないからね。でも、おいしいご飯だって、生き物だったりするしさ。豊かな国が、構造的にそうじゃない国を搾取してたりとか。マジこんなふうにしか生きてけないのかよ人類って感じ」

「……ましゃっと」

ほまりんがましゃっとの腕をそっと掴《つか》んだ。

「怒ってるの？」

「俺が？　怒ってないよ。笑ってるでしょ」

「嘘《うそ》っぽいしょや」

「俺の笑顔？　そっか。たまに言われる。嘘じゃないんだけどね。わりと楽しいし、楽しければ笑えるし。ただ、本当のことが俺は知りたくてさ」

「本当のことって？」

「いや、俺もわかってないんだけど。わかんないことを、わかりたい的な？」

「生きてれば、わかんないことだらけでしょや」

「そうだね」

ましゃっとはまだ腕を掴《つか》んでいるほまりんの手を意識しながら、ルーヴィに目をやった。

いつの間にか、飛び跳ねていない。くるくる回ってもいない。ルーヴィはぴたっと静止して、ましゃっとを見つめている。

「ほまりんさ」

「うん」

「俺と付き合わない？」

「付き合うって、ましゃっとがほまりの彼氏になるってこと？」

「そうそう」

「彼氏かぁ」

ほまりんはましゃっとの腕から手を放した。

「それは絶対、いやかなぁ」

「いや、絶対かよ！」

ましゃっとが笑うと、ルーヴィがまたジャンプしはじめた。

#2-3_shiratama_ryuko/ 虚構味のチョコレート

龍子《りゅうこ》は黒い服を着せられていた。龍子だけじゃない。祖父と祖母も、他の人たちも、どういうわけか真っ黒い恰好《かっこう》をしている。

――お葬式だ。

誰の？

お母さんの。

そうだ。

広い場所で、すごい数のパイプ椅子が並べられていて、黒い服を着た人たちが大勢詰めかけていて、花がたくさん飾られ、鼻につく、強すぎるお線香の匂いが立ちこめている。花や果物が並べられた祭壇の真ん中に、母の写真が掲げられている。父の写真はない。

龍子はチヌを抱いて最前列のパイプ椅子に座っている。右隣には祖父が、左隣には祖母が座っている。父も母もいない。龍子はそのことを理解している。でも――

お父さんとお母さんは？　どこに行ったの？

龍子がそう尋ねると、祖父はぎょっとする。何を言ってるんだこの子は、という顔をしてから、下を向いて、蓉子《ようこ》は死んだ、と言う。祖母が龍子の肩を抱く。

二人とも、もうこの世にいないのよ。

そうなんだ、と龍子《りゅうこ》は思う。

お坊さんたちが木魚を叩《たた》きながらお経を上げる。変なの。何をしているんだか。つまらないし、ここにいたくない。

ね、やだね、チヌ。

チヌが、にぅ、と返事をする。チヌと小声で話していたら、おトイレなの、と祖母に訊《き》かれる。違うの。おトイレじゃないの。ただここにいたくないなって。

葬式中だぞ、と祖父に叱られる。祖父は両手を腿《もも》に押しつけて、絞りだすように言う。あの馬鹿……と。

龍子は、あまりぴんとこない。退屈だから、チヌと声を出さずにお話しする。

お父さんとお母さん、もうこの世にいないんだって。お母さんは、蓉子《ようこ》っていうんだって。知ってた？　チヌ？　蓉子。龍子はね、知ってたような、知らなかったような。どっちかな？

この世にいないってことは、もう会えないってことだよね。

死んじゃったってこと。

なんか、お祖父《じい》ちゃんとお祖母《ばあ》ちゃん、つらそうだね。すごく悲しそうだし、寂しそう。

お祖父ちゃん、泣くの、我慢してる。お祖母ちゃんは、泣いてる。

また動物園に行きたいな。あ、違う、動物園じゃないんだ。遊園地なんだけど、動物がいるコーナーがあって、龍子はそこが大好きで。よくお祖父ちゃんとお祖母ちゃんが連れてってくれて。お祖母ちゃんが作ったお弁当を、お祖父ちゃんと、龍子とで食べて。チヌは食べられないから、見てるだけ。ごめんね、チヌ。

お祖父ちゃんが、今日は最高の一日だったか、と龍子に訊くの。

最高の一日だった——って、龍子は答える。毎日じゃないけど。たまにはよくないことが起こったりもするし。

「……しょうがないだろう。話すしかない。どのみち、黙ってるわけにはいかん。葬式だって上げてやらなきゃならんのだ」

少し離れたところで、お祖父ちゃんがお祖母ちゃんと何か話している。二人とも様子が変だ。お祖父ちゃんとお祖母ちゃんが、龍子のところにやってくる。

「龍子、おまえのお母さんと……お父さんがな、事故に遭って。それで……亡くなった。お祖父ちゃんは、これから、行って……会ってこないとならん。龍子は、お祖母ちゃんと家で待ってなさい」

「私も行きますよ」

お祖母ちゃんが言う。お祖父ちゃんは首を振る。

「だめだ。おまえは見ないほうがいい。俺だけでいいから――」


両親と暮らした日々のことを、龍子《りゅうこ》はあまりよく覚えていない。

夏治龍介《かじりゅうすけ》というひとがいて、ある日、白玉蓉子《しらたまようこ》と恋に落ちた。二人は結婚しようとした。でも、周囲に反対された。二人は駆け落ちした。遠く離れた場所で夫婦になって、夏治龍子が生まれた。

親子三人、アパートに住んでいた。保育園に行っていた。

気がつくと、両親はどこにもいなくて、祖父母と暮らしていた。

お父さんとお母さんは？　どこに行ったの？

尋ねると、祖父も祖母も困った顔をする。

そうだ、と祖父が言いだす。

遊園地に行くか。

なあ、そうしよう。きっと楽しいぞ。せっかくだし、今日という日をな、最高の一日にしなきゃならん。

行きましょうか、遊園地。

祖母が言う。

龍子がうなずく。

うん。

行く、遊園地。

動物がいるコーナーがあって、龍子はそこが好きで。

祖父母と龍子、三人じゃない。

龍子はチヌラーシャを抱いている。

だから、四人だ。

ね、チヌ。


——何かおかしい。


夢なのかもしれない、と龍子は思う。わたしは夢の中にいるのかもしれない。夢を見ているのかもしれない。夢を見ているのに、これは夢だと思う。何か、変。

相変わらず、母の葬儀は続いている。龍子は祖父母に挟まれてパイプ椅子に座り、チヌを抱きしめている。お坊さんたちがお経を唱えている。祭壇に母の写真が飾られている。写真の母は笑っている。まるで知らない人みたいだと感じる。ずっと遠くにいた人みたい。お線香の臭いがきつすぎて、いやになる。

そういえば、お父さんは？

龍子《りゅうこ》は葬儀会場を見回す。黒い服を着ている人たちの中に父はいない。もし父がいたとしても、龍子にわかるだろうか？

家に電話がかかってきた。祖父が出て——はい……はい……ええ……そうですが……はい、ええ……いや……まさか……そんな……ええ、はい……わかりました、ええ、うかがいます……すぐに……——そして、祖父は電話を切る。どうしたの、と祖母が訊《き》く。答える前に、祖父が龍子に言う。ちょっと、部屋から出ていなさい。どうしたんだろう、と思いながら、龍子は言われたとおりにする。おかしなお祖父《じい》ちゃん。でも、チヌがいるから、平気。どうせ居間から出ても、二人の話は聞こえる。

事故に遭ったらしい……事故って……何ですか……蓉子《ようこ》が……え……夏治《かじ》と一緒だったらしい……でも、別居してるって、前に電話で話したときは……わからんが、きっとよりを戻してたんだろう……それで、事故を……緊急搬送されたが……手遅れで……だめだったようだ……だめって……二人とも、ほぼ即死で……そんな……——

葬儀が続く。これは夢だと龍子はわかっている。こんなの、夢に決まっている。わたし、お父さんのことだけじゃなくて、お母さんのことも、ろくに覚えていない。一緒に暮らした思い出がほとんどない。気がついたら、お祖父ちゃんの家にいた。日曜日になると、お祖父ちゃんとお祖母《ばあ》ちゃんが遊園地に連れていってくれる。最高の一日だったか、とお祖父ちゃんが訊く。最高の一日だったよ。龍子は答える。そうか。それはよかった。よかったねえ、とお祖母ちゃんが言う。

葬儀は終わらない。何か間違っている。こんなはずがない。何もかも違っている。

ね、チヌ？

そうでしょう？

チヌはわかるよね？

だって、チヌだけはずっと一緒だったんだから。両親とアパートに住んでいたころも、どうしてか祖父母の家で暮らすようになってからも、チヌはいた。チヌ。チヌだけは。

――やっと葬儀が終わった。

龍子は目を開けた。見慣れた天井がそこにはある。自分の部屋だ。祖父の家の。幼いころから使っているベッド。胸の上にチヌがのっている。

「チヌ」

「にぅ」

「わたし……」

言葉が出てこない。

龍子《りゅうこ》はベッドから下り、着替えをする。寝間着のままで自分の部屋以外をうろついたりしない。祖父も祖母もそうだし、それはこの家のルールだ。従わないと。とくに祖父は厳しいから。そんな恰好《かっこう》でうろうろするな。たとえば、祖父からそう叱られたことがあるだろうか。

記憶にない。

自分の部屋でお着替えするの——と、龍子のほうから言いだしたような気がする。祖父母の真似《まね》をしようとしたのだろうか。郷《ごう》に入っては郷に従う。この家で暮らしてゆくのだから、この家のルールには従わないといけない。そう考えたから？

わからない。

ブラウスとスカートという服装で洗面所に行き、服を濡らさないように気をつけて顔を洗い、歯を磨く。髪を梳《と》かす。部屋に戻って、ジャケットを着て、リボンをつけ、ポシェットを肩に掛ける。ポシェットの中にはチヌがいる。

朝食をとろうと食堂へ向かうと、祖母しかいなかった。

「おはようございます。お祖父様《じいさま》は？」

「少し体調がね。すぐれないのよ」

「そうなんですか。——あの、大丈夫ですよね？」

「どうかしら」

祖母はぽつりとそう言ってから、言い直す。

「大丈夫よ。心配しなくていいわ」

そっけない口調で。

席について、目玉焼き、鮭《さけ》の切り身を焼いたもの、ミニトマト、ポテトサラダ、味噌汁《みそしる》、ご飯を眺める。

「いただきます」

「ええ」

祖母は龍子と目を合わせない。ずっとこうだっただろうか。違うような気がする。だいたい龍子は昔、祖母のことを、お祖母《ばあ》ちゃん、と呼んでいた。お祖母様、お祖父様、なんて呼び方はしていなかった。いつからそう呼ぶようになったのだろう。

祖母に訊《き》けば、きっとわかる。

両親の事故のことも。

事故。

親子三人で。

父が運転する車に、母と、龍子も乗っていた。

大きな事故だった。両親は死んでしまい、龍子だけが生き残った。無傷だった。奇跡的に。母の葬儀に出たことを覚えている。怪我《けが》をしていたような記憶はない。

祖母に尋ねれば、はっきりする。

お祖母様《ばあさま》、わたしと母は、父が運転する車に乗っていて、事故に——そして、母と父は亡くなってしまい、わたしだけ無事だったんですよね？

祖母は、何を言っているの、という顔をするだろう。いきなりそんなことを、どうして、と呆《あき》れるのではないか。祖母にしてみれば、実の娘を失った事故なのだ。今さら思いだしたくない過去だろう。

わたしのお父さんって、どういう人でしたか？

訊《き》きたいけれど、これも訊けない。父が運転を誤って事故が起こり、母が死んだ。そもそも、両親は結婚に反対されて、駆け落ちをしたのだ。二人は離れたところで暮らしていて、やがて龍子《りゅうこ》が生まれた。何か変だ。

だとしたらなぜ、龍子は祖父母の家で両親の事故を知ったのだろう。

いや、違う。あれは夢だ。妙にリアルではあったものの、夢でしかない。龍子はただ、そういう夢を見ただけだ。

「お祖母様」

「ええ。何？」

「昨日は、お祖母様にとって、最高の一日でしたか」

「どうかしらね……」

祖母は下を向いて、ほんの少しだけ笑った。

「それ、懐かしい。あなたが小さいころ、あの人とよく言っていたわね」

「あの人、というのは」

「お祖父様《じいさま》よ。他に誰がいるというの」

「……お祖父様が、わたしに」

「最高の一日だったかと、あなたに訊くのよ。私はそんなこと、一度も言われたことがないわ。蓉子《ようこ》が――」

「お母さん……？」

「いいえ。よしましょう」

祖母はそれきり口をつぐんだ。母がどうしたのだろう。何なのか。もっと祖母の話が聞きたかった。教えて欲しい。

でも、龍子は訊けなかった。訊かないほうがいい。そんな気がする。

＋＋＋　＋　＋＋＋＋

学校は空虚だ。

おかしい。

前はそんなふうに感じなかったのに。

どうしてだろう。

弟切飛《おとぎりとび》がいないから？

飛がいれば、とは正直、思う。

ただ、飛と話すようになったのも、最近といえば最近のことだ。

短い間に、いろいろなことが変わった。一変してしまった。

龍子《りゅうこ》はチヌをポシェットから出して右肩の上にのせ、校内を歩き回る。

これは現実で、本物の学校だ。そんなことはわかっているけれど、偽物《にせもの》の、たとえば学校そっくりにつくられた、映画かドラマを撮影するための舞台装置のようにも感じられる。

それか、龍子が通っている中学校とまったく同じ造りの、別の学校。先生たちも、生徒たちも皆、見たことがある顔をしている。でも、似ているだけで、全員、別人なのだ。

もしかしたら、そうじゃなくて——じつはその逆で、ここは本物だけれど、龍子が龍子じゃないのかもしれない。

龍子はもちろん、自分こそが白玉《しらたま》龍子だと思っている。夏治龍介《かじりゅうすけ》と、夏治蓉子《ようこ》の間に生まれた、夏治龍子。祖父母に引き取られ、養子縁組した、白玉龍子。自分はその龍子だと信じている。

違うのかもしれない。

何か別の存在が、白玉龍子のふりをしているのだ。

外側は白玉龍子だとしても、中にまったく別のものがいる。

いつの間にか、白玉龍子は別の龍子に入れ替わってしまった。

「声が聞きたい……」

誰もいない廊下で、足を止めて、呟《つぶや》く。

誰が呟いたのだろう。

チヌだろうか。

右肩の上に目をやる。チヌは龍子のほうに顔を向けている。少し首を傾《かし》げるような仕種《しぐさ》をしている。

「今の、チヌ……？」

「ひぅ？」

チヌが「何のこと？」というような声を出す。

「チヌじゃないの……？　だったら――」

龍子は窓の外に視線を向ける。空が奇妙に白っぽい。曇っているのだろうか。そうじゃない。曇っていないのに、空が白い。廊下は静まり返っている。遠くで何かの音が響いている。人の声や、ドアを開け閉めする音、それから、足音。

龍子はスマホを出す。じっとスマホの画面を見つめる。何かしようとした。何かしようとしている。何かしたい。でも、それが何なのか、どうしてもわからない。

教室に戻って授業を受けた。この教室にはチヌしか人外がいない。先生が何かしゃべっている。龍子《りゅうこ》には外国語のように聞こえる。ノートを取ろうとする。黒板に書いてある文字を書き写すだけでいい。それなのに、どの文字も、なぜか龍子には読みとれない。

生徒たちが笑う。笑っていることはわかる。だから龍子もちょっとだけ笑ってみる。誰かが何か言う。先生が何か言い返す。また笑いが起こる。龍子も笑う。みんながどうして笑っているのか、龍子には見当もつかない。


——声が聞きたい。


授業が終わる。担任の針本《はりもと》先生が教室に入ってくる。針本先生が何かしゃべっている。龍子はじっとしている。帰りのホームルームが終わると、龍子はチヌを右肩の上にのせて教室を出る。鞄《かばん》を持っていないことに気づいて、どうでもいいか、と思う。それが重要なことだとは思えない。

声が聞きたくて、龍子は廊下を歩いている。スマホが振動している。声が聞きたい。もしかしたら、声を聞くことができるかもしれない。

龍子は廊下の端のほうに寄ってスマホを出す。

めずらしいこともあるものだ。驚くのと同時に、寒気がするような感覚に襲われる。校内で通話するのは好ましくない。でも、この電話には出たほうがいい。

「……お祖母様《ばあさま》」

「はい、もしもし――」

『もしもし、龍子、あの、ごめんなさいね、電話なんかして』

「いえ、どうかしたんですか……？」

『お祖父様《じいさま》が、入院することになって』

「……はい？」

『検査を受けたら、すぐ入院したほうがいいと言われて』

「すぐ――検査……病気……ですか？　何の……」

『とにかく、手術を受けないといけないみたいだから』

「手術……」

『私もこれから病院に戻らないといけないし、いつ帰れるかまだわからないから、出る前に伝えておこうと思って』

「わかり……ました。あの……」

『何？』

「お祖父様は、大丈夫ですか？」

『どう――』

祖母はおそらく、どうかしらね、と言いかけたのだと思う。ため息をついた。

『……急いでるのよ。何かわかったら、また連絡するから』

「はい」

『ごめんなさいね』

「いえ」

祖母が通話を終了させた。龍子《りゆうこ》はスマホをしまった。

龍子が小学四年生だった年の夏に、祖父は入院して手術を受けた。病名は教えてもらなかったけれど、重病だったに違いない。たぶん、癌《がん》か何かだったのだろう。退院したあともかなりつらそうだった。でも、だんだんよくなってきた。すっかり健康になった、とは言えないとしても、七十過ぎだし、元どおりとはなかなかいかないものなのかもしれない。いずれにせよ、あれから何年も経《た》っている。病気自体は治ったのだろう。龍子はなんとなくそんなふうに受け止めていた。

思い違いだったのかもしれない。

再発、という言葉を聞いたことがある。癌は、手術や薬、放射線などで治療してなくなっても、また現れて見つかる場合があるのだ。

龍子は教室に戻って鞄《かばん》を取ってきた。家に帰るつもりだった。早く帰らないと。学校を出た途端、思った。帰ってどうするのだろう。祖父は入院した。祖母も病院だ。家には誰もいない。

帰るのはやめて、あてもなく歩いた。

コンビニにでも寄って、ぶどう味の炭酸飲料を買って飲むのはどうだろう。そんなことも考えたけれど、気分じゃない。喉は渇いていた。でも、ぶどう味の炭酸飲料なんて飲みたくない。水だ。飲むなら、水でいい。

日照山《にっしょうざん》という標高四百メートルくらいの小さな山がある。小学校のとき、遠足で登った。その麓に大きな公園があることを思いだした。最後に行ったのはいつだろう。わからないけれど、おそらくもうその公園は遠くない。

学校からも、家からも、けっこう離れている。徒歩で辿《たど》りつけそうにないくらい、かなり遠いところにあると思っていたのに、実際来てみたら意外とそうでもなかった。

日照山公園は桜の名所でもある。お花見のシーズンには出店が並んで、とても賑《にぎ》わう。そのくらいのことは龍子も知っている。ただ、この公園で花見をしたことがあるだろうか。少なくとも、記憶にはない。公園を訪れたことはある。このあたりに住んでいる人なら、一度は足を踏み入れているはずだ。

公園をぐるりと囲む低い石垣には見覚えがあった。出入口が何箇所かあって、今、龍子が上がっている石段の先が正門だ。

正門を通り抜けると、噴水を中心とした円形の広場がある。噴水を取り囲むように配置されたベンチに、子供連れの女性や、老夫婦、高校生の男女が座っている。

懐かしい。

来たことはもちろんあるけれど、だいぶ久しぶりなのだ。

広場の端のほうに水飲み場があった。龍子《りゅうこ》は水を一口だけ飲んだ。

以前、ここで水を飲んだことはあるのだろうか。

あるかもしれないし、ないかもしれない。どちらともつかない。

水飲み場の向こうに柵があって、その先は低くなっている。動悸《どうき》がしはじめた。

「遊園地……」

大きくはない、まるでミニチュアみたいに小さいものの、観覧車がある。ぐるぐる回転するブランコがある。メリーゴーランドもある。バイキング、というのだろうか。大きな船の形をしたブランコもある。レールの上を走る小型の列車。お化け屋敷。硬貨を入れると動く乗り物が何台もある。

龍子は階段を下りて遊園地に行ってみた。平日だし、客はほとんどいない。ピンク色のジャンパーを着たスタッフのほうがずっと多いくらいだ。券売所がある。そこでチケットが売られている。料金表が掲示されていて、入園料は無料、チケット一枚三百円、十枚綴《つづ》りのお得チケットが二千五百円、と書かれている。

「チヌ……」

「きぅ？」

「わたし、ここに……来たことが――」

それが何だというのだろう。あってもおかしくはない。わざわざ遠方からこの遊園地目当てで日照山《につしようざん》公園を訪れる人はめずらしいかもしれないけれど、市内の子供なら一度や二度は保護者に連れられて遊びに来たことがあるはずだ。

龍子は閑散としている遊園地の中を歩いた。両親が連れてきてくれたのだろうか。そんなわけがない。龍子の両親は駆け落ちした。龍子は遠くの街で生まれ、そこで育った。両親が事故死して、祖父母に引き取られた。

両親が存命の間、龍子がこの公園に来ることはなかった。ということは、両親が亡くなったあとか。祖父母が連れてきてくれたのだろうか。あの多忙で厳しい祖父と、龍子には無関心でそっけない祖母が？

遊園地の向こうには下りの階段があって、その先には大きな檻《おり》が並んでいた。

「動物園……」

動悸は収まらない。激しくなる一方だ。龍子はゆっくりと階段を下りた。胸が痛い。引き返そうかとも思った。もう引き返せない、とも思った。ここまで来てしまったのだ。後戻りはできない。

階段を下りきって、アクリル板が張られた檻《おり》を一つ一つ眺めた。飼育されているのは、フクロウやチャボ、ウコッケイ、コウライキジといった鳥や、リスやウサギなどの小動物ばかりだ。日照山《につしようざん》公園動物施設の案内図によれば、いくらか離れたところにヤギとヒツジがいる。動物園じゃなくて、ここは動物施設なのだ。

「ヤギと、ヒツジ……」

少し進むと、柵があった。ヤギとヒツジがいるのか。違う。柵の向こうで飼い葉をむしゃむしゃと食べているのは、ポニーよりも小さなミニチュアホースだ。胴体の大部分は白くて、茶色い模様がある。髪の毛みたいなたてがみと尻尾《しっぽ》は金髪のようにも見える色で、やけにさらさらだ。

「……こんなに小さかった？　さくらちゃん――」

龍子《りゅうこ》は柵を掴《つか》んだ。

さくら。

あの馬の名前だろうか。そうだ。柵に板がくくりつけてある。その板には馬の写真が貼りつけられていた。手書きで名前も書かれている。さくら、コスモス、イダテン。ここでは三頭のミニチュアホースが飼育されている。それぞれ毛色がまったく違うし、簡単に見分けがつく。コスモスとイダテンは奥の小屋の中だ。

ふと右を見ると、幼い女の子が柵にかじりつくようにしてさくらを見つめていた。近くに母親らしい女性が立っている。母親はスマホで電話か何かしているようだ。

「わたし、まだ小さかったから――それで、さくらちゃんが大きくて見えて……」

一人じゃなかった。あたりまえだ。誰かが龍子を連れてきてくれた。母だろうか。それとも、父か。でも、龍子の両親は当時、遠くの街で暮らしていたはずだ。そして、龍子も両親と一緒だった。

「おねえちゃん？」

声をかけられた。

いつの間にか、龍子はしゃがんでいた。さっきの幼い女の子がすぐそばにいる。龍子の顔をのぞきこんでいる。

「どうしたの？　どこか痛いの？」

「……いえ」

龍子は笑顔を作った。なんとか笑ってみせようとはした。

「大丈夫。なんでもないです。ありがとう。すみません。平気なので……」

立ち上がって、足早にその場を離れた。階段を上がっている最中に、思いだした。

「肩車――」

そうだ。誰かに肩車をしてもらった。肩車をしてもらったまま、この階段を上がった。

高くて、少し怖くて、でも、楽しかった。

あれは誰だろう。

母ではないはずだ。ということは、父なのか。

ありえない。

龍子《りゅうこ》にはこの街で両親と過ごした記憶がないのだ。

そもそも、両親と過ごした記憶がない。

あるような気がするだけだ。

そんな夢を見たような気がするだけ。

龍子は階段を上がって、小走りに遊園地を通り抜けた。

いつかあの観覧車に乗った。一人じゃない。きっと龍子はまだ小さかった。一人では乗れない。母だろうか。違う。父か。違う。ありえない。

日照山公園《につしようざん》を出るころには、半分思いだしていた。

龍子は観覧車に乗った。

祖母だ。

半分、じゃない。はっきりと思いだせる。

まあ、怖い、怖い、と、あの祖母がめずらしく大騒ぎしていた。……怖いの？　お祖母《ばあ》ちゃん。……龍子、あなたは怖くないの。ずいぶん度胸があるわね。お祖母ちゃんは、だめ。高いところは怖くて、怖くて。こんな小さな観覧車なら大丈夫かと思ったけど、そんなことない。……落ちないし、龍子と一緒だし、大丈夫だよ。……ああ、でも、怖い怖い怖い、お祖母ちゃん、二度と乗らないから――

肩車をしてくれたのは、祖父だ。

ただ肩車をしてもらって階段を上がっているだけなのに、少し恐ろしくて、でも、楽しくて仕方なくて。龍子が笑うと、祖父も笑った。本当に？　あの祖父が、あんなふうに笑うものだろうか？　でも、龍子は覚えているのだ。祖父はびっくりするくらい大きな声で笑っていた。……楽しいか、そうか、そうか、楽しいか。お祖父《じい》ちゃんも楽しい。こんなに楽しいのは、初めてだ。――笑いながら、祖父はそんなことを言っていた。

祖父母と手を繋《つな》いで正門から出て、石段を下りると車が待っていた。その車に乗って家に帰った。後部座席で、龍子が真ん中、右に祖母、左に祖父が座った。

今日は楽しかったか、と祖父が尋ねる。うん、楽しかった、と龍子が答える。よかったね、と祖母が頭を撫《な》でてくれる。

最高の一日だったな、と祖父が言う。最高の一日だった、と龍子も言う。

どこかで夕飯を食べて帰ろう、と祖父が運転手に声をかける。そうだな、あそこがいい、前にも行ったファミリーレストランに寄ってくれ。

ファミリーレストランは混んでいた。席が空くまで待つための椅子に、祖父と祖母に挟まれ、三人で座った。

龍子《りゅうこ》はこの街で両親と過ごしていない。

どこか遠くの街で両親と過ごした記憶もない。

あるような夢を見た。

そんな気がしていただけだ。

錯覚していた。

そう思いこんでいたのだ。

両親と、親子三人で暮らしていたのだと、信じたかった。

+++ + ++++

空は暮れなずんでいた。チャイムを鳴らすと、すぐに解錠する音がした。イトハが玄関のドアを開けて言った。

「……今日はもう来ないかと思った」

龍子は笑ってみせた。イトハは急いで龍子を家に招き入れた。

散らかり放題のリビングで、龍子が床に腰を下ろすと、イトハも左隣に座った。

イトハの頭髪や衣服にとまっている人外蝶たちは、ゆっくりと翅《はね》を動かしているだけで、まだ飛び立とうとはしない。

二人は横並びになっている。龍子は隣のイトハに顔を向けているけれど、イトハはうつむいて目を合わせようとしない。

イトハの髪の毛から一羽の人外蝶が飛び立つと、二羽、三羽と続いた。

黒い翅に映える青い帯模様がきらきら輝いて見える。

イトハが横目で龍子の顔色をうかがう。イトハは痩せていて、血色がよくない。青白い頬《ほお》にほんの少し赤みが差している。イトハは唇を引き結ぶ。肩で息をしている。唾を飲みこもうとして、喉が動く。

「どうぞ」

龍子は自分の腿《もも》を叩《たた》いてみせる。イトハが龍子の腿に目を落とす。眉を寄せて、まだ迷っている。

龍子はイトハの肩を抱いてやり、自分のほうへと引き寄せた。イトハは拒まなかった。拒むわけがない。だって、イトハはそれを望んでいたのだ。

イトハは静かに倒れこんできて、龍子の腿に頬を押しあてた。体を横向きにして背中を丸め、脚を折り畳む。龍子が頭を撫《な》でてやると、イトハは目をつぶった。

人外蝶たちはもうすべてイトハから離れ、リビングの中をひらひらと飛び交っている。

「わたし、思いだしたことがあるんです」

「……思いだした、こと？」

「ええ。忘れていたというより、忘れようとしていたのかもしれません」

「……忘れたかった？」

「そうですね」

「……白玉《しらたま》さんは……何を、忘れたかったの？」

「わたしはお父さんとお母さんに愛されていなかった」

人外蝶たちは、飛び回りながらだんだんと、龍子《りゅうこ》に近づいてくる。

チヌは龍子の右肩の上で、人外蝶が寄ってくるのをじっと待っている。

「わたしは物心がつく前にお祖父様《じいさま》とお祖母様《ばあさま》に引き取られた。わたしを大切に育ててくれたのは、お祖父様とお祖母様だったんです」

「……白玉さんの、お父さんと……お母さんは？」

「事故で死んでしまいました。それまで二人が何をしていたのか、どうやって過ごしていたのか、わたしにはわかりません。一緒に暮らしていなかったので」

一羽の人外蝶が龍子の左肩にとまった。チヌがその人外蝶を気にしている。

「わたしはお父さんを覚えているつもりでいました。なんだかやけにお母さんに似ている男の人が思い浮かんで、それがお父さんだと。きっと違いますね。お母さんのことも、よくわかりません。お葬式のときに飾ってあった写真の印象しかない。それから、笑い声。でも、あの笑い声……よくよく考えてみたら、お祖母様の声に似ている。お祖母様は、最近めったに笑ったりしないけど。昔はそうじゃなかったんです。わたしのせいで、お祖母様は笑えなくなった。お祖父様もそうです」

「……白玉さん……」

「わたしは平気です」

人外蝶たちが次々と龍子の頭に、背中にとまった。

声が聞こえる。

人外蝶の——イトハの声が。

それらの声は、龍子の鼓膜を震わせるわけじゃない。何かもっと別のものを振動させている。

その別のものは、たぶん中身のない、大きな空洞で、とても冷えきっている。空っぽだから、それ自体はぴくりとも動かないし、あたたまることもない。でも、その空洞をくるむ外側の部分を、イトハの声が震わせる。心地よくて、少しくすぐったい。

「お母さんの、お葬式のとき——」

ふと思いだした。

あれはどこだろう。たくさんの椅子が並べられた会場じゃない。出入口のあたりだろうか。龍子は祖父と祖母に挟まれて立っていた。黒い服を着た人たちが、祖父母に何か声をかけたり、頭を下げたりして、通りすぎてゆく。

龍子《りゅうこ》は一人その場を離れて会場に戻った。もう誰も座っていない。隅のほうで何人かが立ち話をしている。そのうちの一人に見覚えがある。年配の女性だ。祖父の家にも何度か来たことがある。その女性が「蓉子《ようこ》ちゃん」について話している。母のことだ。

「わたしのお母さんとお父さんは、結婚を反対されて、駆け落ちしたんです。それで、わたしが生まれた。でも、何か事情があって……まだ小さいわたしを、お祖父様《じいさま》とお祖母様《ばあさま》に預けていったらしいです」

あの女性は、気の毒で、気の毒で、と繰り返していた。母じゃない。彼女は祖父母と龍子をひたすら不憫《ふびん》に思っていた。

「それ以来、お父さんはもちろん、お母さんも、わたしに会いに来なかった。両親はその後、別れたみたいです。それなのに、お母さんは戻ってこなかった。二人は別れたはずなのに、同じ車に乗っていて、事故に遭って、一緒に死んでしまった」

こうやって言葉にしても、不思議と何も感じない。悲しくも、つらくもない。

忘れているつもりだっただけで、知っていたからだろうか。

やさしい両親に惜しみなく愛情を注がれた記憶を捏造《ねつぞう》しても、事実は変わらない。

龍子は親に捨てられたのだ。

イトハの頬《ほお》に水滴が落ちかかった。イトハは自分の濡《ぬ》れた頬にはかまわず、龍子に向かって手を伸ばした。龍子の顎に、イトハの指先がふれた。

そのとき龍子は気づいた。龍子の両目から涙が流れている。

「どうしてわたし、泣いているの」

龍子にとまっていた人外蝶たちが一斉に飛び立った。そのまま離れてはゆかない。人外蝶たちは龍子の顔に群がってきた。まるで龍子の涙が花の蜜で、それを争って吸おうとしているかのようだ。

龍子は目を閉じた。

この空洞は龍子の心なのかもしれない。本当はずっと、龍子の心はがらんどうなのだ。心を満たしていないといけない、この心を満たしていて欲しいものが、どこを探しても見つからない。

龍子はきっと、無理やり空洞を埋めようとしたのだ。祖父母との記憶を素材にして、ありもしない両親との思い出をでっち上げた。

「――わたしは、ひどい子。お祖父様とお祖母様に、謝らないと」

そう口にしても、涙がとめどもなくあふれるだけで、胸は痛まない。

「白玉《しらたま》さんは、悪くない……」

イトハが龍子から離れた。起き上がったようだ。

正面から抱きしめられた。

龍子は目をつぶったままでいた。

家に誰かが入ってきたのは、音でわかった。それでも龍子《りゅうこ》はじっとイトハに抱きしめられていた。イトハはどうだろう。気づいていないのか。龍子にはわからない。

どうでもいい。

リビングのドアが開いた。

「……えっ」

誰かの声がした。ドアを開けた人だろう。

「何してるの。あんたたち。伊都葉《いとは》？　誰なの、それ。学校の友だち……？」

龍子は薄目を開けた。ひっつめ髪で、化粧気がない。鞄《かばん》と、エコバッグを持っている。年恰好《かっこう》からして、イトハの母親だろう。見るからにうろたえている。イトハの母親はひどく困惑しているようだ。

「何なの、あんた。どういう状況？　伊都葉？　聞こえないの？　そんなわけないでしょ。なんで無視してるの！」

「……それより大事なことがある」

イトハの声はくぐもっていた。龍子の左肩に顔を押しつけているせいだ。

「大事なことって――」

イトハの母親は絶句した。エコバッグを床に置いて、すぐに持ち上げた。

「ちょっと、いいからもう、誰か知らないけど、あんたは帰りなさい。帰って！」

「はい」

龍子はうなずいて、イトハを押し離そうとした。その瞬間、イトハは飛び跳ねるようにして立つと、母親に向き直った。

母親が怯《ひる》んであとずさりし、体勢を崩した。転びそうになったところに、イトハが飛びかかった。

「うるさい！　うるさい！　うるさい！」

イトハは母親を押し倒して馬乗りになった。龍子の顔に群がっていた人外蝶たちが飛び立って、部屋中を飛び回りはじめる。黒翅《くろばね》の青い模様がきらめきながら踊っている。とてもきれいだ。

「うるさい、うるさい、うるさい、うるさい、うるさい、うるさい、うるさい……！」

イトハは母親の首を絞めているようだ。

「大変」

龍子は呟《つぶや》いて立ち上がり、イトハに近づいた。

イトハは両手で母親の首を押さえて、力を加えつづけている。母親は口を開け、白目を剝《む》いて、抵抗している様子はない。ぐったりしている。

龍子はイトハの声を聞いた。イトハが両親と折り合いがよくないことは知っている。両親はイトハを理解できない。気味悪がってさえいる。イトハが親しみを感じているのは祖母だけだ。祖母だけはイトハを認めて、褒めてくれる。でも、イトハの祖母は体が悪く、入院している。会いに行っても、前のようには話せない。認知症なのだ。イトハのことも、わかっているのか、わかっていないのか。

イトハは、両親に愛されていない、と感じている。

龍子《りゆうこ》はイトハの背中を抱きしめた。

イトハはようやく母親の首から手を放した。

「……どうしよう。私……お母さん……」

イトハが震えている。

突然、母親が咳《せき》をした。瞼《まぶた》や頬《ほお》が引きつっている。

「大丈夫です」

龍子はイトハの頭を撫《な》でた。

「息があります。死んでいないから、大丈夫」

「……死んで、ない。お母さんは……生きてる」

「ええ」

龍子がうなずいてみせると、イトハは龍子の腕の中で体を反転させた。龍子は逆らわなかった。しがみつかれた勢いで、龍子はイトハもろとも床に倒れこんだ。仰向《あおむ》けになった龍子の上で、イトハはうつ伏せになっている。

イトハが龍子の胸に顔を埋《うず》めて泣きだした。

龍子はイトハの背中に両腕を回した。人外蝶たちはまだ乱れ舞っている。

チヌが龍子の胸を伝ってイトハの後頭部によじ登った。

口を開けると、その奥から小さな龍子の顔がせり出してくる。

小さな龍子が何か言おうとしている。

「しーっ」

龍子は小さな龍子を黙らせた。

#3／
我が人生
Adventurers

◉ #3-1_otogiri_tobi/　ラストダンスまで遥か遠く

列車には乗ったことがある。でも、こんな乗り方をしたのは初めてだ。飛《とび》は一度でも考えたことがあるだろうか。まさか列車の上に乗って移動する日が来るなんて。

ものすごい風圧にも、けたたましい音にも、ほとんど慣れた。こうやってしゃがんでいないとトンネルの天井にぶつかって頭が吹っ飛びそうだが、意外と大丈夫なんじゃないかという気もしている。背が高い人はやばくても、飛くらいの身長なら、立ってもぎりぎり平気なんじゃないだろうか。立たないけれど。

襟巻きみたいにオルバーを首に巻きつけた灰崎《はいざき》は、列車の屋根にへばりつくようにして這《は》いつくばっている。顔を上げてさえいない。ずっと下を向いている。

飛の前にいる冒険者と魔法使いは、体をこちらに向けて座り、振り返る恰好《かっこう》で列車の進行方向を見すえている。おそらく、何回もこういう乗り方をしたことがあるのだろう。これが地上のＪＲや地下鉄だったら炎上必至だ。というか、何らかの法に触れそうだし、警察に逮捕されるかもしれない。

そもそも、この列車は何なのだろう。ここは地上じゃない。明らかに地下だ。ということは、地下鉄なのか。それも何か違うような。

「減速してやがるぜ……！」

飛《とび》の隣に片膝をついているバクが叫んだ。たしかに、列車の速度がさっきより遅い。走行音も変わった。カァーという感じだったのが、今はコォーという感じだ。

「次で降りる！」

冒険者がこっちを向いて言った。

「えっ！」

灰崎《はいざき》が顔を上げた。

「つ、次って!?」

「三毛骸人外町《みけむくろじんがいちょう》駅だ！」

冒険者は答えるなり、ふたたび前方に目をやった。

「三毛骸――人外町……!?」

灰崎は首を振った。

「まったく、何が何だか……！」

「ガハハッ！」

バクが笑って飛の背中を叩《たた》いた。ちょっと痛かった。

「……手が大きいんだからさ」

「悪ィ、悪ィ！　でもなんかこう、胸が躍るっつーかな！」

「なんでだよ……」

飛は胸が躍るというよりも胸騒ぎがしていた。右も左もわからなくて、先が思いやられる。不安ではあっても、怯《おび》えてはいなかった。鬼が出るか蛇が出るか。予想もつかないけれど、こうなったらなんとかするしかない。

行く手が明るい。

列車が一段とスピードを落とした。それから間もなくだった。

「……！」

目が眩《くら》んだ。一瞬だ。すぐ見えるようになった。駅か。向かって左側だ。駅のホームが延びている。

列車が停《と》まった。

「行くぞ」

冒険者が立ち上がった。駅だからか、ここは天井が高い。ホームに降りるのか。そうじゃなかった。冒険者は車両の左側ではなくて、前方に飛び降りた。間髪《かんはつ》を容《い》れず、魔法使いも冒険者に続いた。

「——そっち……？」

飛は慌てて冒険者と魔法使いのあとを追った。飛び降りてから、少しだけ怖くなった。けっこう高い。三メートル以上はある。それに、下が平らじゃない。二本のレールの間に枕木が並んでいる。あの枕木に着地しないと。枕木を踏み外したり、枕木と枕木の間に落ちたりしたら、きっと怪我《けが》をする。

「っ――」

枕木は木製じゃない。コンクリートだった。飛《とび》はとっさに両膝を沈ませて、着地の衝撃をやわらげた。

冒険者と魔法使いは、飛たちを待ってくれるほど親切じゃない。線路からホームに上がるのかと思ったら、違う。トンネルを走ってゆく。

「そっち……!?」

つい同じ言葉を二回、繰り返してしまった。

「飛、どけ……!」

バクが車両から降りようとしている。振り向いてバクを見上げた拍子に、運転席の人外運転手と目が合った。その人外運転手は巨大な目玉そのものみたいな頭に帽子を被《かぶ》っていた。目玉のような顔をしているのに、目が二つある。

「……ごめん」

飛はなんとなく頭を下げて謝った。人外運転手がどう思ったのかはわからない。冒険者と魔法使いはどこへ行くつもりなのか。まさかそのままトンネルを進むわけじゃないだろう。もし列車が走りだしたら轢《ひ》かれてしまう。

「ちょっとは説明してくれても……！」

飛は二人のあとを追った。

「フホッ……！」

バクも無事、線路に降り立ったようだ。

「――いってぇっ！　おれ、裸足《はだし》なんだって……！」

そういえば、灰崎《はいざき》は靴を履いていない。大丈夫だろうか。ともあれ、文句を言いながらもついてくる。

冒険者と魔法使いが左側のレールをまたいだ。その直後、飛は二人を見失った。

「嘘《うそ》――」

驚いたが、立ち止まりはしなかった。二人に倣ってトンネルの左端に寄ると、壁に穴があいていた。ここか。二人はここに入っていった。そうに違いない。

「こっちだ！」

飛はバクと灰崎に声をかけてから、穴に駆けこんだ。

そこはトンネルというよりも洞窟みたいな空間だった。幅は一メートルかそこらしかないし、高さも二メートルはないだろう。両側は岩壁だ。地面もちょっとごつごつしている。少し進むと、「いでででで……」という灰崎の声が後ろから聞こえてきた。少々気の毒だが、とりあえず我慢してもらうしかない。

ところどころに裸電球が吊《つる》してあって、真っ暗じゃない。でも、この穴はまっすぐじゃなくて、曲がりくねっている。そのせいで、冒険者と魔法使いの姿が確認できない。

二人は飛《とび》の前にいる、とは思う。確信は持てない。

本当はいないんじゃないか。心配になってきた。

「――いた」

ぐっと左に曲がった先で、冒険者が何かやっている。そこは突き当たりで、梯子《はしご》が設置されているのか。冒険者は梯子を上ろうとしているようだ。魔法使いもそばにいる。

「いるに決まってるだろ」

冒険者はするすると梯子を上って、天井をがんがんと叩《たた》いた。岩を手で叩く音じゃない。飛は魔法使いに追いついて振り仰いだ。天井の一部に、鉄か何かで出来た格子状の蓋が嵌《は》めこまれている。冒険者はその蓋を叩いて、上にいる何者かに合図をしたらしい。

「……オォ？」

バクも突き当たりに到着して、蓋を見上げた。

「いでぇよぉ……もぉ……」

灰崎《はいざき》はなるべく足の裏を地面につきたくないのだろう。へっぴり腰になって、膝を曲げ、かなり奇妙な歩き方をしている。

「そんなに痛いんだったら、せめてオルバーを右脚に……」

飛が言うと、灰崎は頭を抱えた。

「……あぁぁぁぁ。忘れてたぁ！　いや、でも、いいんだ。オルバーにそんなことさせたくないし……」

「手臍臍下◎臍&人◎臍　ぱ◎&糸臍人◎　山糸下糸手手△&臍人◎終糸？」

蓋の向こうから声がした。見ると、駅員の帽子を被《かぶ》って制服を着た人外が、蓋越しに冒険者や飛たちを見下ろしている。顔も手も毛だらけで、雪男か何かを思わせる外見だけれど、まあ人外だろう。

「山糸下糸手手△§&臍　§下臍&糸笑糸？」

冒険者じゃなくて、魔法使いが答えた。何を言っているのか、飛にはわからない。

「終糸終終§終笑糸？」

「終§終じ△終じ糸ろ糸終終§終　ん§終じ糸§じ糸ろ糸終終§終笑」

「じ◎工人糸手臍じ△終終§　ぱ糸下△手△人糸&臍」

「手糸下糸§終糸……」

魔法使いが背伸びして、冒険者に小声で囁《ささや》いた。

「足許《あしもと》を見やがって……」

冒険者は舌打ちをしてから、蓋の向こうの人外に親指を立ててみせた。

「ぱ糸§笑◎糸&§」

人外はそう応じて笑うと蓋を開けた。

冒険者が、続いて魔法使いも、梯子《はしご》を登りはじめた。

「五百GENって、五百円じゃねえよな……？」

バクが呟《つぶや》いた。飛《とび》は首をひねった。

「……今の何て言ってたか、バクはわかったの？」

「ン？　飛は聞きとれなかったのかよ。灰崎《はいざき》は？」

「いや、おれもさっぱり……」

「フゥーン。そういうモンか。人間だからってことか……？」

「何してる。早く上がってこい」

冒険者に急《せ》かされて、飛たちも順に梯子を登った。

そこは小さな事務所のような部屋で、飛たちの他には雪男似の人外しかいなかった。机の上に古くさいパソコンみたいな機械が置かれ、小さな箱形のモニターがいくつか並んでいる。窓はなく、ドアが二つある。

雪男似の人外が格子状の蓋を閉め、冒険者に向かって手を差しだした。どうやら手を開いて掌《てのひら》を上に向けているようだ。その掌にまでびっしりと毛が生えている。

「ろ糸ろろ糸手◎人◎下◎ろ△　じ◎工人糸下臍じ△終笑糸」

冒険者はマントの中から何か出すと、人外の掌の上にそれをのせた。硬貨なのか。飛が使う百円玉や十円玉とは違う。色は紫だ。でも、形からするとコインだろう。一枚じゃない。五枚だ。

「忠告してやる」

冒険者はニヤリと笑った。

「つまらない欲を掻《か》くと、ツキに見放されるぞ」

「人◎下△§終糸◎ろ△山糸笑糸！」

人外は吼《ほ》えるように言った。首を振って、ドアを示してみせる。出口はそっちだ、といったところか。

冒険者は人外の肩を軽く叩《たた》くと、軽やかに歩いていってドアを開けた。飛は魔法使いや灰崎、バクを先に行かせた。ドアを閉める前に会釈をすると、人外は帽子の鍔《つば》を掴《つか》んで上下に動かした。

「ぱ糸§笑◎糸&§」

何を言われたのか、やはり飛にはわからなかったが、少なくとも悪態をつくような口調ではなかったと思う。

部屋を出ると、廊下というか、通路だった。天井は高く、横幅も広いが、壁際に様々な物が積み上げられている。電球がぽつぽつ灯《とも》っているものの、薄暗い。

冒険者と魔法使いに従って通路を進んだ。

「……靴が欲しいな」

灰崎《はいざき》がぼそっと呟《つぶや》いた。

「だろうな」

冒険者の答えはそっけなかった。

「何なの？　ここ……」

飛《とび》が尋ねると、冒険者は肩をすくめた。

「裏口があるのはこの駅くらいなんだ」

「駅……人外町、だっけ」

「上は結局のところ、人間の世界だからな。人外の、人外による、人外のための場所があってもいいだろ」

「あんたも人間なんじゃ」

「ぼくは冒険者だ。言わせるな」

冒険者だか何だか知らないけれど、人間であることには変わりないんじゃないのか。飛はそう指摘したかった。でも、やめておいた。堂々巡りしそうな気がする。

通路の壁際には、段ボールや木箱、ポリ容器、ドラム缶、硝子《がらす》ケース、古びた何かの機械、明らかに壊れている家電、その部品らしきもの、雑多な鉄屑《てつくず》が積み重ねられ、どうして崩れないのか不思議なほどだ。ただ、何も置かれていないところがたまにあって、そこには決まってドアがある。

冒険者が足を止めた。左手にドアがある。小さいというか、低いドアだ。冒険者はちょっと屈《かが》んでそのドアのノブを掴《つか》んだ。鍵はかかっていないらしい。分厚い金属製のドアが軋《きし》む音を立てて開いた。

ドアから出ると、外だった。

外、なのだと思う。

地上じゃないから、上は天井のはずだ。ところが、振り仰いでも、それらしきものは見あたらない。青い空が広がっているわけでもなければ、夜空のように闇に覆われているわけでもなかった。薄ぼんやりした、少し黄色っぽく、青みがかってもいる、何か靄《もや》のようなものがかかっていて、先が見通せない。

道路がある。ちゃんと舗装されていて、人通りは多くない。人、じゃないか。鹿奔宜《ろっぽんぎ》人外横町と同じように、行き来しているのは人外たちだ。人間みたいな衣服を身につけている人外もいれば、そもそも服を着るのが難しそうな人外もいる。ちらっと飛たちを見る人外もいれば、目もくれずに素通りする人外もいる。

街灯がある。

建物が建ち並んでいる。

これで自動車でも走っていたら、地上の街並みと変わらない。

信号機はないようだし、自動車は見受けられないが、自転車を漕《こ》いでいる人外はいる。あの丸々とした大福のような人外が乗っているのは、キックボードじゃないのか。

全体的に暗い。街灯や建物の明かりがなければ、おそらく地上の夜くらいの暗さだろう。でも、人工的な光がふんだんにあるおかげで、遠くまで見渡せる。どう考えても地下のはずだが、地下街という感じはしない。天井がない、もしくは、天井が見えないせいだろう。圧迫感がない。

見回すと、看板、標識などに、飛《とび》でも読める文字、ひらがなやカタカナ、漢字、数字、そしてアルファベットが使われている。そこは地上と変わらない。ただ、それらとは別の、記号めいた文字がたくさん含まれている。

「ここ……って――」

灰崎《はいざき》はやたらときょろきょろしている。もっとも、飛だって似たようなものだ。

「三毛骸人外町《みけむくろじんがいちょう》 駅西口方面」

冒険者が答えた。

「通称、三毛骸ウエストだ」

「ウウム……」

バクが唸《うな》った。

「人外横町だかでも思ったがよォ。こんな場所があるとはなァ……」

「先にキモスクに寄るか」

冒険者が魔法使いを連れて歩きだした。来い、とは言われていないけれど、飛たちは二人について行くしかない。置き去りにされたら大変だ。

「どうやって帰ればいいいんだよ……」

「靴が……」

灰崎は飛とバクの後ろをとぼとぼと歩きながら、まだ靴のことを言っている。まあ、すれ違う人外たちも、靴を履けそうな人外はみんな靴を履いているし、中には裸足《はだし》の灰崎を見て、何だこいつ、みたいな顔をする人外もいたりする。灰崎にしてみれば、みじめさが募る一方なのだろう。

「灰崎さん、靴はあれだけど、靴下だったら。僕のでよければ、貸す？」

「……いや。いいよ。足、汚れてるしね。うん。傷とかも。若干、出血してたりもするし。気持ちだけ受けとっておくよ。ありがとう。しかし、人外町、かぁ……」

「何か知ってるの？」

「知ってたら、こんなに驚いてないかな。ただ、主《あるじ》を持たない人外のことを、ハグレって呼んだりするんだけど。地上ではめったに見かけないんだよね。もっといるんじゃないか、どこかに隠れ住んでるんじゃないかっていう。でもまさか、ここまでとは……」

冒険者と魔法使いは、三毛骸ウエストの街路をすいすい泳ぐように歩いてゆく。どこかに寄るとか言っていた。もしかして、あれか。向かう先の角に、コンビニみたいなガラス張りの店がある。たぶん、店だと思う。けばけばしい電飾看板が掲げられている。

「KIMO……SK?」

案の定、冒険者と魔法使いはその店に入っていった。自動ドアだ。店内に足を踏み入れると、ピロピラララン、という音が鳴った。けっこう騒がしい。音楽が流れている。

でも、コンビニだ。何かの商品で埋め尽くされた陳列棚がずらっと並んでいて、レジらしきものが設置されたカウンターもある。棚が高すぎて威圧感があったり、照明がいやにきらきらしていたり、音楽の音量が大きめだったり、どことなくいかがわしい感じはするけれど、日本全国探したら、こういうコンビニが一軒くらいあってもおかしくはない。

そうはいっても、レジのところにいる店員は頭が手の形をしている人外だし、ちらほらいる客も全員、例外なく人外だ。やっぱり、日本全国探しても、こんなコンビニはないあるはずがない。

「く、靴、売ってるかな……」

灰崎《はいざき》がぽつりと言った。飛《とび》は小首を傾《かし》げた。

「どう、だろ……」

地上のコンビニだと、靴下ならあっても、靴はさすがに扱っていないような気がする。でも、この店なら、ないかもしれないし、あるかもしれない。

「靴はあとだ」

冒険者は素早く手招きすると、身をひるがえした。

普通のコンビニならマガジンラックが置いてありそうな一角に、テーブルと丸椅子が並んでいる。イートインスペースのようにも見えるけれど、それにしてはテーブルの奥行きが浅い。椅子は六つあって、そのうち三つには人外が座っている。

どの人外もスマホ的なものを持っているというか、どう見てもあれはスマホだ。充電中なのか。壁からケーブルが伸びていて、スマホに繋《つな》がっている。

冒険者が空いていた椅子に腰かけ、飛に向かって右手を差しだした。

「スマホは？」

「……あ。うん。あるけど。え？　使えるの？　地下――だよね。圏外じゃ？」

「地下有線ネットワーク《Underground Cable Network》。アンカン《UnCaN》っていうサービスがあって、キモスクとか飲食店なんかではただで使える。有線通信しかできなくて、地上のネットには繋がらないけどな」

「マジかよ……」

バクが絶句した。灰崎は目を剥《む》いているし、飛も言葉がない。とにかくスマホを出して渡すと、冒険者はマントの中からＵＳＢケーブルをさっと取りだした。

「タイプシーだよな」

「……タイプ？　何……？　ちょっとわからない」

「コネクタの規格。大丈夫だ。ロックを解除してくれ」

「あぁ。ええと……」

飛《とび》は言われるままロックを解除した。冒険者は何か操作している。今さらだが、剣を背負ってマントをつけた青い髪の人物がスマホをさわっている様は、なんとも奇妙だ。

「ZINトークをダウンロードして、インストール……と。このアプリを入れておけば、イヤホンを通して同時通訳されるから、人外語が聞きとれるようになる」

「……同時通訳」

「イヤホンは？　何か持ってるか？」

「いや……」

「ぼくもなくしたばっかりなんだよな。ワイヤレスの安いやつだし、たいして惜しくもないんだが。たまに外れる。まあいい。キモスクでも売ってるから、ついでに買うか」

「買う……」

「GENは当然、持ってないだろ」

「げん……」

「地下で使われてる通貨だ」

冒険者はどこからか紫色のコインを出して、飛に見せた。

「これは百GEN。円に換算すると、千円ってところか。最近、電子マネーもだいぶ普及してきたな。ちなみに、地上よりずいぶん高いものもあれば、かなり安いものもある」

「……円なら少しは持ってるけど」

「両替はここじゃできない。ぼくは貧乏じゃないし、イヤホン代くらい奢《おご》ってやるさ。裏口の通行料も払ってやったろ？」

「あぁ、五百ＧＥＮ……？」

「ぼくと魔法使いだけなら、百ＧＥＮですむ。おまえたちはいかにも怪しいから、ぼってきたんだ」

「ええ、とぉ……」

灰崎《はいざき》がおそるおそるといったふうに挙手した。

「靴も……買ってもらえたりする……のかな？　サンダルとかでもいいっちゃいいんだけど。最悪、靴下だけでも、裸足《はだし》のままよりは……」

冒険者がじろりと灰崎を睨《にら》んだ。途端に灰崎は手を下ろしてうなだれた。

いつの間にか、魔法使いがいない。と思いきや、戻ってきた。何か持っている。イヤホンだ。二つある。それから、靴も。ゴム長靴だ。

「わぁ！」

灰崎が叫んだ。目が潤んでいる。

「長靴……！　サイズもだいたいよさそうだし！　ありがたい……！」

「言っただろ。ぼくは貧乏じゃないし、ケチでもない」

冒険者は丸椅子に座ったままテーブルの端に背を預けた。足を組んで両肘をテーブルに引っかけ、ふんぞり返る。

あらためて、飛《とび》は思う。冒険者。本人が何と言おうと、人間だろう。かなり変わっている。髪を青く染めている人はたまにいるけれど、マントはめずらしい。中に着ている服は革っぽい素材のツナギだ。色は白と黒で、肘と脛《すね》にはプロテクターみたいなものをつけている。オートバイに乗る人のような恰好《かっこう》にも見えるけれど、剣なんか持っているし。小柄なのに、身体能力がすごい。飛もたぶん、運動神経は悪くないほうだ。でも、冒険者には負けるかもしれない。

「ただし、ぼくは義理を欠くやつが大嫌いだ。おまえたちには貸しがある。ここまで言えば、やるべきことはわかるよな」

「借りを……」

飛は頭を掻《か》いた。

「返す？」

「そうだ」

冒険者はパチンと指を鳴らした。

「たいしたことじゃない。ぼくの仕事を手伝うだけだ。しっかり働いてくれさえすれば、ついでに地上まで案内してやってもいい」

「まっとうな仕事だとは思えねえけどなァ……」

　バクが不審そうに言うと、冒険者は薄笑いを浮かべた。

「つまり、ぼくがまっとうだとは思えないってことか？　そいつは褒め言葉だな」

「あの……」

　灰崎《はいざき》がまた挙手した。

「長靴、履かせてもらっても……？」

　冒険者が顎をしゃくってみせると、魔法使いが灰崎の前に長靴を置いた。手回しがいいことに、会計済みらしい。

「やっと……」

　灰崎はさっそく長靴に両足を入れた。オルバーが灰崎の首から離れて、左肩の上に移動する。灰崎は震えはじめた。

「ああ……外で裸足《はだし》じゃないのって、こんなに安心するんだ……」

「大丈夫かよ、コイツ……」

　バクはドン引きしている。でも、考えてみれば、灰崎はずっと素っ裸で浴槽内に閉じこめられていたのだ。そうとうつらかったに違いないし、何か身につけているというごく普通の状態が、今の灰崎にとってはあたりまえじゃないのかもしれない。

「よかったね……」

飛《とび》がそっと声をかけると、灰崎《はいざき》は力強くうなずいてみせた。

「うん……！」

だからって、泣くことはないんじゃないの――と、言いかけただけで言わなかったのは、そのとき耳に入ってきた店内放送の音楽に聞き覚えがあったからだ。

ちょうど何かの曲から別の曲に変わったところで、まだイントロだ。何だろう。どこかで聞いた。知っている曲だ。いつ聞いたのか。そんなに前じゃない。わりと最近だ。歌が始まった。ボーカルは女性のようでも、男性のようでもある。ちょっと不自然に感じる、独特の抑揚だ。

憐《あわ》れみを思いやれない　悲しさも考えらんない
僕が進む道だ　ろくに進めやしないが　所詮、道なき道でしかないか

「あ――」

思いだした。

「これ、Sの……？」

八人も僕がいたんじゃ　座る椅子も足りないくらいだ
楽しさも感じられない　喜びに浮き立ちもしない
能がない君だ　特別な音もしないが　今はもう空っぽでしかないか

間違いない。テンポは速いのに、妙に耳馴染《みみなじ》みがいいメロディー。動画。そうだ。動画を見た。日向匡兎《ひゅうがまさと》。ましゃっとがスマホで見せくれた。

人は僕を知らないってさ　口に十字の戸は立てらんないな
花鳥風月を過ぎ去りし君は　脊柱の真芯に真心を隠して
風荒《すさ》ぶ原野に滞りもなく　駆け抜けろ　能を奪うよ

「Ｓがどうかしたのか？」

冒険者は天井のどこかを指さした。

「よく流れてるぞ。ぼくは興味ないけど、たしか、けっこう前から流行《はや》ってるんだ」

「流行ってる……？」

「アンキューブってのがあって。見せたほうが早いか」

冒険者は自分のスマホにケーブルを繋《つな》いだ。どうやら、ＵｎＣｕｂｅというアイコンがそのアプリらしい。冒険者がアプリを起動すると、飛《とび》も使ったことのある動画共有アプリと似たような画面が表示された。アプリは似ていても、公開されている動画は別物のようで、サムネイル画像が人外だらけだ。

冒険者は検索欄に、S、と入力した。

「……へえ。たくさんあるんだな。ぼくは、何だっけな、作品何たらっていう曲とか、あとは、『アンダーアダム』だったかな。それくらいしか知らない」

「『作品#1』……」

飛は一覧表示されている中の一つをタップした。

「これだ。今、流れてるやつ」

動画が再生される。ましゃっとが見せてくれたものと同じだと一瞬、思った。でも、違う。地上で見た動画では、若い男性と女性のキャラクターが派手なアクションを繰り広げていた。人間のアニメキャラだった。この動画では人外だ。人外のアニメキャラがたくさん出てくる。

「……一覧に戻していい？」

「うん」

冒険者が操作して、動画再生画面から一覧画面に戻してくれた。『作品#～』というタイトルの動画がずらずらと並んでいる。どうやら1から16まであるようだ。冒険者が言っていた『アンダーアダム』、『NR』、『地下のフィーバー』、『最後まで踊れ』、『エンドホルダー』、それから、『死は命』という動画もあった。

「……ほんとに流行《はや》ってるっぽいね。再生数が、どれも百万回超えてるし……これって、多いんでしょ？」

「さすがに地上とは人口の桁が違うしな。百万回超えってなると、そうとうなものだ」

「これ、さ。この人――」

「S？」

「人間……だと思うんだけど」

「言っとくが、ここは地上と無関係ってわけじゃないぞ。むしろ、ある意味、密接に関係してる。ぼくやハグレたちが使ってるスマホだって、地下で製造してるわけじゃない」

「精密機械だからね」

灰崎《はいざき》が腕組みをし、まじめくさった顔でうなずいた。

「半導体とか、いろいろ必要だし。ぱっと見た感じだと、地上から中古のものを調達してきて、改造して使ってるみたいな感じかな」

「そんなところだ。そのへんの取引に関わってる者とか、あとは技術者とかな。地上人も、いるところにはいる」

「地上人……」

飛《とび》は冒険者が口にした言葉を繰り返してみた。そういう言い方があるのか。だとしたら、飛と灰崎《はいざき》は地上人なのだろう。

「じゃあ、きみも？　その――」

「違う」

冒険者は首を振ってみせた。

「ぼくは冒険者だ」

だから、何なのそれ。どういうことなの。重ねて訊《き》いても、きっと同じ答えしか返ってこないだろう。

ともあれ、Sは地下でも名の通った人物らしい。ひょっとしたら、Sの正体は、特案こと特定事案対策室が追っている、サリヴァンかもしれない。そして、サリヴァンは弟切潟《おとぎりせき》。飛の兄だ。兄は人外視者で、清掃員という人外を連れている。弟の飛にはバクがいるように。人外。兄には人外がついて回る。地下。人外横町。人外町。主《あるじ》を持たない人外、ハグレたちが住んでいる。ここにも兄の影が。

なんだか気味が悪くなって、飛は冒険者のスマホから目を逸《そ》らした。べつに、硝子《がらす》越しに通りを眺めようとしたわけじゃない。ただたまたまそっちに視線を向けただけだ。

人外たちが歩いている。人間みたいな服を着たり、帽子を被《かぶ》ったりしている人外も少なくない。それでも、人外は人外だと一目でわかる。明らかに人間とは違う。

「え……」

でも、あれは人外なのか。背が高い。帽子を被っている。マフラー。黒いコート。一瞬だ。飛が見かけたときは、視界から出てゆきかけていた。通りの角に位置しているこのキモスクの前を、向かって右から左へ通りすぎていったのだと思う。すぐ見えなくなってしまった。

我知らず飛は駆けだしていた。

「オッ――」

「ちょっ、弟切くんっ……!?」

「あぁ……?」

バクや灰崎、冒険者の声が聞こえなかったわけじゃない。あえて無視して、飛は走った。自動ドアが開きだすと、十分に開くまで待たず、体を横にしてドアの隙間を通り抜けた。帽子。あれはシルクハットだ。マフラー。黒いコート。背が高かった。ちらっと見ただけだけれど、目に焼きついている。あの男だ。

いない。

見あたらない。

あっちへ行ったはずなのに。ついさっきだ。そんなに時間は経《た》っていない。

飛は通りを進んだ。キモスクから離れて、右を見ても、左を見ても、あの男は見つからない。あの男。会ったのは一度きりだ。鞄《かばん》。バッグ。バックパックを飛《とび》のもとに届けてくれた。兄がいなくなったあとに、バクを。だから、ずいぶん前のことだし、あれは夢なんじゃないかと思うこともある。飛は現実と夢を混同しているのかもしれない。だって、あのシルクハットを被《かぶ》り、マフラーをして、黒いロングコートを着た背の高い男は、普通じゃなかった。目。目が一つしかない、というよりも、一つしかない目が男の顔だった。この世にそんな男がいるだろうか。

あの男が人間だとしたら、夢の登場人物に違いない。

でも、人間じゃないとしたら？

「――いやがった！　オイ、飛ィッ……！」

「弟切《おとぎり》くぅーん……！」

バクと灰崎《はいざき》が追いかけてきた。

飛は立ち止まった。

この三毛骸人外町《みけむくろじんがいちよう》には、人間のような出《い》で立《た》ちの人外が山ほどいる。あの一つ目の男がそうした人外たちの中に混じっていたとしても、不思議じゃない。見失ったのか。逃げたのだろうか。それとも、見間違いか。

わからない。飛はたしかに見た。しかし、いない。どこにも。影も形もない。

#3-2_otogiri_tobi/　すべてザポーンになる

三毛骸ウエストに集う人外たちの憩いの場といえば、まず挙がるのがこの西口公園らしい。見た感じ、とりたてて何があるというわけでもない舗装された広場でしかないが、たしかにあちこちに人外たちが群がって座っていたり、立っていたりする。端のほうに屋台なんかもある。どうやら飲食物が売られているようだ。そうした屋台で買ったのか、はたまたキモスクのような別の店で買ったのか、何か飲み食いしている人外も目につく。徒歩、もしくは、自転車やキックボードに乗って、公園内を通りすぎてゆく人外もいる。スピーカーで音楽を鳴らしてダンスに興じている人外たちもいる。澄まし顔でおとなしく椅子に座っている人外の似顔絵を、別の人外が描いている。ある人外は、台の上で何事か叫びながら、しきりと地団駄を踏んでいる。

ほとんどの人外は、冒険者と魔法使いのことも、飛とバクも、灰崎とオルバーも、さして気にしてはいないようだ。ただし、まったく、というわけでもない。お、人外じゃないのがいるぞ、というような視線は、ときどき感じる。でも、人間のようにも見える魔法使いや、わりと普通の動物っぽいオルバーはともかく、バクは明らかに人外だ。人外が一緒なら、ただの人間じゃないだろう、といったふうに、どの人外もすぐ目を逸《そ》らす。

考えてみたら、飛《とび》は制服姿だし、灰崎《はいざき》は愛田日出義《あいだひでよし》のものらしき革のジャンパー、革パンツに長靴という変な出で立《いた》ちで、冒険者はマントを着て剣を背負っている。地上の街をこの三人が歩いていたら、ずいぶん人目を引くだろう。けれども人外たちは、服装だけじゃない、体形まで、もっと、ずっと多彩なのだ。飛たちは決して目立つほうじゃない。

冒険者は西口公園のほぼど真ん中で足を止めると、飛にイヤホンを渡した。

「スマホとペアリングしてつけてみろ。片方だけでいい」

「ペアリング……」

「まさか、ペアリングの仕方がわからないとか言わないよな。おまえ現代人か？」

剣なんか携帯している冒険者に言われたくない。とはいえ実際、飛はテクノロジーには疎いほうだ。

「おれが教えるよ」

結局、飛は灰崎に手伝ってもらってペアリングとやらをすると、左耳にだけイヤホンをつけてみた。耳を疑った。

「わっ……」

イヤホンをつけるまでは、雑音どころか騒音でしかなかった人外たちの話し声が、言葉として聞こえる。

「てぇーかさぁ、やってらんねーって、まじで。あいつ、いくら貸しても返さねーし」

「うっそいくら貸したん？」

「わかんね。めっちゃ貸してるよ、悪いけど。たぶん七千GENとかいってんじゃね？」

「うお、バッカじゃねーの、おまえ。そんなに貸すほうも貸すほうだって――」

「我々はぁ！　人外のぉ！　人外によるぅ、人外のためのぉ、人外なんであーる！」

「何言ってんだ、あれ？　わけわかんね……」

「おいこらぁ！　そこのやつ！　今、なんつったぁ！」

「やべっ、聞かれたっ――」

「いいからみんな踊ろうぜ！　Sも言ってんじゃん、『最後まで踊れ』って！」

「イエーイ！　S、最高……！」

「――なっ……」

飛はあたりを見回した。どうしてイヤホンをつけただけで人外たちの言語がわかるようになったのか。スマホを見ると、通知領域に冒険者がインストールしてくれたZINトークとやらのアイコンが表示されている。このアプリのおかげなのか。そうに違いない。それにしても、不思議だ。言葉が理解できるようになっただけで、飛は人外たちに親しみのようなものを感じていた。親しみ、というと、大袈裟《おおげさ》かもしれない。でも、赤の他人が同じ学校の生徒くらいまで近づいたような感覚は、確実にある。

「え？　何？　どんな感じ……？」

灰崎《はいざき》がなぜか、イヤホンをつけている飛《とび》の左耳に自分の右耳を近づけた。

「そんなことしたって聞こえねえだろ……？」

バクにツッコまれると、灰崎は照れ笑いを浮かべた。

「……そっか。だよね。つい……」

「イヤホン、二つあるだろ」

冒険者が言った。

「もう一つのほうを、そいつにつけさせてやれ。ぼくはやったことないけど、たぶんそれでいける」

「へえ……」

飛が使っていない片方のイヤホンを手渡すと、灰崎は待ってましたとばかりにそれを装着した。目を瞠《みは》った。

「――おおおぉっ！　すごい！　何これ!?　嘘《うそ》だろ!?　どういう技術!?　やばっ……」

「じゃあ、行くか」

冒険者がマントをひるがえして歩きだした。どこに、と訊《き》く前に、飛はあとを追っていた。冒険者の流儀にだんだん慣れつつある。魔法いはもちろん、バクもついてきた。

「……はっ、ちょっと、待っ――ど、どこに行くの、今度は!?　いきなり……！」

灰崎はそうでもないようだ。少し遅れて、ばたばた走ってくる。

「ぼくは冒険者だからな」

冒険者は立ち止まりこそしなかったが、一瞬だけ振り返って微《かす》かに笑った。

「決まってるだろ。冒険者ギルドだ」

＋＋＋ ＋ ＋＋＋＋

その冒険者ギルドとやらは、西口公園の程近くにあった。正確には、西口公園に面している通りから一本入って、少し進んだ右手に、間口はあまり広くないが背の高い、大きな看板を掲げた建物がある。看板には、読めない文字と、読める文字が書かれていた。読めるほうは、三毛骸人外町《みけむくろじんがいちょう》ウエスト支所、とある。ということは、読めないほうが、冒険者ギルド、なのだろうか。ちなみに、読めないほうの文字のほうが巨大だ。

冒険者ギルドの一階は通りに向かって開け放されていて、自由に中と外を行き来できるようになっている。奥行きはかなり深そうだ。人外がたくさんいて、なかなか賑《にぎ》わっている。なんとなく、ファストフード店のような雰囲気だ。入ってすぐ左に階段があって、それ以外のスペースは奥へと続いている。向かって右手の壁は、全面が掲示板らしい。上から下まで大小無数の紙がびっしりと貼りつけられていて、壁が見えないほどだ。

けっこうな数の人外が、壁に張られた紙を眺めている。白紙は一枚もない。どの紙にも何か書かれていたり、写真のようなものが添付されていたりする。飛《とび》に読める文字はあまりない。ぱっと見ただけでは、ちんぷんかんぷんだ。

冒険者と魔法使いは掲示板には用がないようで、奥へとずんずん進んでゆく。飛とバク、オルバーを左肩にのせた灰崎《はいざき》も、とりあえずついてゆくしかない。

「……なんっかアレだな。公園にいた連中よりも、物々しいっつーか。若干だがよォ」

バクが呟《つぶや》いた。それは飛も感じていた。この冒険者ギルドとやらに出入りしている人外たちは、どことなくいかつい。どことなく、というか、冒険者みたいに剣を背負っている者こそ見受けられないが、腰に武器とおぼしきものをぶら下げた人外は少なからずいる。抜き身じゃなくてケースに収められているので、はっきりしたことは言えないけれど、たぶん包丁とか。ナイフだろうか。それに、面構《つらがま》えが何かこう、どうも不穏だ。

一階の奥にはカウンターがあった。飲食店というよりも、銀行みたいだ。窓口が三つあって、それぞれに人外が一人ずつ並んでいる。二つの窓口には客らしい人外がいて、一つだけあいていた。

「おっ！　冒険者じゃねーの！」

あいている窓口の人外が手を振った。何というか、カラフルな人外だ。何かに似ている。そう。イグアナだ。やけに色彩豊かなイグアナが直立二足歩行して、ストリート系の服を着ている。顔中にピアスをつけているのか。それとも、あれは顔の一部なのか。腕輪や指輪もつけているから、やはりピアスなのだろう。

冒険者はイグアナ人外の窓口にまっすぐ向かって、カウンターに片肘をついた。

「ザポーン。調子はどうだ」

「まあまあかな」

ザポーンというのが彼の名なのか。イグアナ人外は、へへッ、と笑ってから慌てたように咳払《せきばら》いをした。

「――エェンッ！　えーと、あれだ、よくぞやってきた。待っていたぜ、冒険者よ！」

「ふっ……」

冒険者は軽くうなずいた。なんだか満足げだ。

「それで？　このぼくにふさわしいクエストはあるのか、ザポーン？」

「さっそく仕事の話かよ。新顔をぞろぞろ引き連れてきといて、とくに説明もなしか」

ザポーンは飛たちを見て大きな目をぱちくりさせ、素早くペロッと長い舌を出した。

「人外を連れちゃあいるが、地上人だな。どういう関係なんだ？」

「赤べこと揉《も》めてた」

冒険者はさらりと言った。

「それもあって、助けてやったんだ」

「なるほどな」

ザポーンは訳知り顔でうなずいた。何か訳知り顔だと飛《とび》は感じたのだが、本当にそういう表情だったのかどうか、自信はない。

「つまり、貸し借りがある間柄ってわけか。そいつら、使えるのか？」

「どうだかな。まだわからないけど、見所はなくもない」

「ほお！　あんたがそう言うんだったら、案外、ザポーンかもな」

「だといいんだが」

「へへッ。ザポーンな気がしてきやがったぜ！」

ザポーンはカウンターに置いてあるノートパソコンのような機械を操作しはじめた。ような、というか、古いノートパソコンだと思う。分厚くて、そのぶん頑丈そうだ。

「……ザポーン」

灰崎《はいざき》が小声で呟《つぶや》いた。眉をひそめている。それは飛も気になっていた。ザポーンは彼の名前だと思うのだが、ザポーンかも、ザポーンな気が、というのは何なのだろう。人外特有の表現なのか。

「そうだ、そうだ、こいつがあった――」

ザポーンがノートパソコンの向きを変え、冒険者にディスプレイが見えるようにした。表示されている文字の大半は読めない。写真らしい画像は、人外を撮影したものだろう。顔写真と、全身を写したものが並んでいる。

「ほう……」

冒険者が少し身を乗りだした。魔法使いが冒険者の耳許《みみもと》で何か囁《ささや》きかける。声らしきものが聞こえはしたものの、何と言ったのかまではわからない。魔法使いは鹿奔宜《ろっぽんぎ》人外横町で呪文のようなものを唱えていたし、しゃべれるのに、なるべく冒険者としか口をききたくないようだ。

「八目三口《はちめみくち》だと？」

冒険者はノートパソコンに表示されている文字を自分で読んだのではなく、魔法使いに教えられたのだろう。

「見かけたことはないが、悪名は聞いてる。こんなツラをしてたんだな。正面の写真だけだとわからないが、目が八つあるのか？」

「そのとおり！　ザポーンと、こんな具合に――」

ザポーンは自分の顔を八目三口とやらの顔に見立てて、目の位置を示してみせた。ずんぐりしたロケットみたいな形状の頭部を一周するように、八つの目が並んでいるらしい。写真からすると、三つの口は横ではなく縦の裂け目で、顔の正面にある。目の上にあいている複数の穴は何なのだろう。鼻の穴か、耳の穴なのか。毛髪は一本も生えていない。

全身写真は、どこかの街角で腕組みをし、肩幅より広く足を開いて、仁王立ち的なポーズをとっている。体つきはがっちりしていて、かなり人間っぽい。空手着のような服を着て、その上に紫色のマントをつけている。冒険者の、何というか、冒険者風のマントとは違って、襟付きのマントだ。靴は履いていない。裸足《はだし》のようだ。

「この野郎は、とんでもねえワルだぜ！」

ザポーンは大袈裟《おおげさ》に顔をしかめて首をすくめてみせた。

「盾突くやつを片っ端からぶちのめすだけじゃねえ。目つきが気に食わねえとか、態度が腹立つとか、因縁つけまくってひねり潰すのが趣味ときてやがる。ザポーンもここに極まれりだ！」

「当然、外道だな？」

冒険者が訊《き》くと、ザポーンの顔面の色がみるみる変化して、全体的に派手な色合いになった。感情が昂《たか》ぶっているのかもしれない。

「外道も外道、極悪非道の超絶外道さ！」

「その――」

灰崎《はいざき》が挙手した。どうでもいいが、なんでこの男はこういうとき、いちいち手を挙げるのだろう。癖なのか。

「外道っていうのは、具体的にどういう……？」

「外道食」

冒険者は灰崎を一瞥《いちべつ》して答えた。

「食ってはいけないものを、公衆の面前で堂々と食らう行為を指す」

「ムッ……」

バクがビクッとした。

ここは人外町だ。外道食は人間じゃなくて人外のタブーだろう。人外が食ってはいけないものとは何か。飛《とび》が真っ先に思い浮かべたのは、雫谷《しずくたに》ルカナとその人外サイファのことだった。雫谷はサイファに食べられて、燼《じん》とかいうものになったのだ。

「これは周知の事実だが、人外は人外に食欲を感じる」

冒険者は淡々と、それとは別のことを言った。

「でも、人外同士が欲望のままに食らい合っていたら、ここでの暮らしは成り立たない。自由は尊いものだけど、一匹狼《いっぴきおおかみ》を貫くんじゃなきゃ、譲るべきところは譲る。一定の我慢は必要だ」

「……つまり、アレか」

バクは気まずそうだ。汗腺があったら、冷や汗をかいているところだろう。

「人外横町や人外町で、人外は人外を食っちゃやならねえってこったな。まァ、そりゃそうか。さもねえと、弱肉強食みたいなことになっちまうしなァ」

「基本的には、ザポーンだ」

ザポーンが軽く笑って言った。ザポーンの用法が不可解すぎる。

「何事にも例外ってものはあるし、物事には限度がある。外道と見なされる連中は、限度を超えちまってるってわけだ。そんなやつらにそこらをうろつかれちゃ迷惑だし、野放しにはできねえ」

「ザポーンだけに……？」

飛が思いきって言ってみたら、ザポーンは我が意を得たりとばかりに勢いよく両手の親指をビッと立てた。

「おうよ！　それで、人外たちの秩序と自由を守るべく結成された俺らギルドは、主要な事業の一つとして、外道退治を遂行してる。ザポーンだろぉ!?」

「……あぁ。ザポーンだね」

強く求められている気がしたので同意すると、ザポーンは小躍りして喜んだ。

「まさにザポーンなんだよ！　ギルドのメンバーにしてみりゃ、外道を退治して報酬がえられる。外道が一人でも二人でも消えりゃあ、そのぶん人外たちは安心して楽しく暮らせる。我がギルドの賞金首制度は――」

不意にザポーンが冒険者をチラ見して、咳払《せきばら》いをした。

「エェンッ……我がギルド……我が冒険者ギルドはだな……」

冒険者がうなずいた。それでいい、とでもいうように。するとザポーンは、途端にまた元気を取り戻した。

「我が冒険者ギルドとしては、是非冒険者にこの八目三口《はちめみくち》を討伐してもらいたい！　賞金額は、八目三口が八千万GEN、その側近の侍武羅《じぶら》が千五百万GEN、同じく目目《めめ》ちゃんが五百万GENで、しめて一億GENだ！　すさまじくザポーンだぜ！　もはやザッポーンといってても過言じゃねえ……！」

「一億……」

灰崎《はいざき》があんぐりと口を開けた。

「……ええ？　たしか、百GENで千円くらいだって……ってことは、十億円……!?」

「言ったろ」

冒険者が振り返って笑みを浮かべた。

「ぼくは貧乏じゃない。合わせて一億の賞金首はさすがに初めてだが、百万や千万単位のやつなら何回も狩ってる」

「他ならぬ冒険者だからな！」

ザポーンが片目をつぶってみせた。

「これほどザッポーンな大物もいけちまうんじゃねえかと、マジで期待してこの案件……じゃなくて、このクエストを紹介してるってわけだ！　八目三口は側近二人の他に、八目衆とかいう雑魚《ざこ》どもを引き連れてるらしいが、大丈夫だろ、冒険者なら！　何しろそこは、冒険者だからな！　今回はザポーンな助っ人《すけと》もいるみたいだしよ！」

「ザポーンな助っ人――」

飛《とび》はバクを見て、それから灰崎と、オルバーに目をやった。

「……って、僕たちのこと？」

「おまえらにも選ぶ権利はある」

冒険者は剣の柄に手をかけた。微笑《ほほえ》んでいるけれど、なんだか怖い。

「ちゃんと借りを返すか。それとも、義理も人情も礼儀も常識も、何一つ心得ていない愚かなクズとして、ぼくの段平《だんびら》の錆《さび》になるか。どっちでもいいぞ」

怖いわけだ。

おそらく冒険者は本気だ。冗談を言っている雰囲気じゃない。飛たちが借りを返そうとしなければ、冒険者は本当にあの段平とかいう名の剣を抜くだろう。それこそ常識から逸脱しているとは思うけれど、ここは地上じゃない。人外町なのだ。人外が人外を食べるのは禁忌だとしても、人殺しはどうか。ザポーンはへらへらしているし、周りの人外たちに至っては冒険者や飛を気にしている様子がない。今ここで殺人事件や殺人未遂事件が起こったとして、誰かが警察に通報するだろうか。呼んだとしても、警察は来られるのか。

「……強制じゃねえか、クソッ」

バクが吐き捨てるように言った。借りを返すとか返さないとか、それ以前の問題で、脅されているみたいなこの状況がバクは不愉快なのだろう。その気持ちは飛もわかる。

灰崎《はいざき》は顔色が悪い。オルバーがいたく気遣わしげだ。飛《とび》も心配になったが、目が合うと、灰崎はうなずいてみせた。

飛は一つ息をついた。

冒険者は飛が返事をする前に、段平《だんびら》の柄から手を放した。

「見込んだとおりだな。おまえたちの名を教えろ。今からぼくらは、冒険の仲間だ」

#3-3_otogiri_tobi/　夜に舞え

「冒険の基本とは何か。わかるか？」

そんなもの、もちろん飛にわかるはずもない。バクも同じだし、灰崎も見当がつかないようだ。オルバーだってそうだ。飛たちは冒険者じゃない。

というか、冒険者が冒険者ギルドと呼んでいる組織はどうも単なるギルドで、ザポーンが冒険者に調子を合わせて冒険者ギルドと言い換えてやっているんじゃないのか。飛はそんな疑惑を抱いている。べつに、ギルドだろうと冒険者ギルドだろうと、どっちでもかまわないのだが。

「冒険の基本は、情報収集だ――」

とにかく、冒険者に言わせれば、そういうことらしい。

それで何をしたかというと、聞き込みだ。まあ、実際に三毛骸人外町《みけむくろじんがいちょう》の人外たちにいろいろ訊《き》いて回ったのは冒険者で、魔法使い以下、飛とバク、灰崎とオルバーは、ただついていっただけだった。

飛や灰崎をめずらしがる人外も中にはいた。でも、冒険者が地上人だと説明すると、どの人外もそれ以上は詮索してこなかった。冒険者はたぶん人間だと思うのだが、飛や灰崎のような地上人とは明確に違うのか。地上人と地下の人外たちの間には、やはりすぐには埋められない溝のようなものがあるようだ。バクとオルバーも人外なのに、三毛骸人外《みけむくろじんがい》町《ちょう》の人外たちはよそよそしい。ただ、それを言ったら、魔法使いも、冒険者ほど人外たちに親しまれていないような感じがする。

「三毛骸人外町は、三毛骸駅を境に、大きく西と東に分けられる――」

冒険者は聞き込みのついでに、軽く観光案内もしてくれた。

「西口から駅を出た先は、西口公園なんかがある三毛骸ウエスト。東口から出ると、東に目抜き通り、北に向かって昭和通りが延びている。目抜き通りの北側がメイン街で、南側が三毛骸サウスだ」

三毛骸ウエストは人間の街でいうと繁華街で、メイン街には会社があったり住宅があったりする。三毛骸サウスは、目抜き通り沿いに宿や飲食店が建ち並び、南のほうは工場街らしい。会社や工場があるというのは驚きだが、地上から何もかも持ってきているのでなければ、様々な品物がここで造られているはずだ。人外町や人外横町に一枚噛《か》んでいる地上人もいるみたいだし、会社や工場があっても変じゃないのか。

冒険者は主に三毛骸ウエストで聞き込みをして、メイン街の昭和通りにも足を伸ばし、最後に三毛骸サウスの目抜き通りで食事がてら人外たちに話を聞く流れになった。

冒険者は目抜き通り沿いの「酒場ＭＡＸＸ」という看板を掲げた店を選んだ。広いホールに高いテーブルがたくさん並んでいて、椅子はないので立ったまま飲み食いをするらしい。奥手に飲食店のカウンターがいくつもあって、そこで飲食物が売られている。言ってみれば、立食形式のフードコートだ。酒場というくらいだから酒を出す店もあるのだろう。大勢の人外で賑《にぎ》わっていた。

飛《とび》たちが端っこのテーブルでしばらく待っていると、冒険者と魔法使いがたくさんの紙袋を抱えて戻ってきた。紙袋の中身は、ハンバーガーのようなもの、フライドチキン的な何か、フライドポテトらしき物体、あとは、青い瓶入りの飲み物だった。どれもビッグサイズで、食べ応えも飲み応えもありそうだ。

「……これ、おれらが食べて平気なもの？　なの……かな？」

灰崎《はいざき》はあからさまに警戒している。左肩の上のオルバーは首を伸ばして鼻をくんくんさせているので、興味を持っていることだけは間違いない。

冒険者はハンバーガーのようなものを掴《つか》むと、大口を開けてかぶりついた。

「うん。いける。まあ、死にはしないから、安心しろ」

飛はホールを見回した。見たところ、人間は飛と冒険者、灰崎だけで、あとはおそらく全員、人外だ。冒険者と魔法使いが買ってきたハンバーガーのようなものをぱくついている人外も見受けられる。

「これって、でも、人外用……？」

飛《とび》が訊《き》くと、冒険者はさらに二口、三口とハンバーガーのようなものを食べ進めて、ぺろりと平らげてしまった。

「ああ。食材は人外用のものだ。でも、味つけは地上風なんじゃないか」

「なんで魔法使いは食わねえんだよ……」

バクが飛も気になっていたことを指摘した。

魔法使いは、目深《まぶか》に被《かぶ》ったとんがり帽子とたっぷりしたローブの襟のせいで、ただでさえ表情がうかがえない。というか、顔がまったく見えないし、ほぼしゃべらないので、何を考えているのかわからない。正直、ちょっと不気味だ。

「ぼくの相棒は好みがうるさくてな」

冒険者は肩をすくめてみせた。

「いいから食え。腹だって減ってるだろ」

「……そ、そういえば――」

灰崎《はいざき》が急に左手で喉を押さえ、右手で腹をさすりはじめた。

「ずいぶん何も食べてないし、水も飲んでないような……おなかのほうは、なんかもうよくわからないけど――えっ……ひょっとして、死にそうなほど喉が渇いてる……？」

言われてみれば、飛も喉がカラカラだ。異常に慌ただしすぎて、我慢しているという自覚すらなかったけれど、これは限界を超えつつあるかもしれない。

途端にハンバーガーもフライドチキンもフライドポテトもおいしそうに見えてきた。青い瓶入りの飲み物は少しあやしい。でも、きっと瓶が青いだけで、中身は違うんじゃないか。いや、瓶はやっぱり透明だ。中身の液体が毒々しいほどに青い。ハンバーガーも、バンズはともかく、挟まれているパティがなぜか真っ赤だ。フライドチキンはなぜか星みたいな形をしている。フライドポテトは奇妙に細長い。両端がくるくるっと丸まっているのは、いったいどういうわけなのか。

「──クッソォーァッ！　オレァ、食うぞ！　食ってやる！　とくと見てやがれ、飛ッ、このオレ様が毒味してやんよッ！」

「バ、バク、待てってて」

「イーヤ待たねえッ！　オレの腹はもう決まる前にペッコペコなんだ……！」

バクはハンバーガーを鷲掴《わしづか》みにすると、齧《かじ》らないで丸ごと口に入れた。

「オオッ、ウゥムッ、グンッ……ウォウッ！　オヘッ……」

ものすごい勢いで咀嚼《そしゃく》して、のみ下す。

「──ヌハアアァッ……！　うんめえエエェッ……！」

両腕を一杯に広げて叫んだバクの姿を目にして、飛は思わずハンバーガーに手を伸ばしそうになった。

「や……でも、バクは人外だし。僕は人間なわけで。冒険者はよくわかんないし……」

「わかった！」

灰崎《はいざき》がフライドポテトらしき物体を一本、つまみ取った。

「弟切《おとぎり》くん、ここはおれが！　毒味をする！　おれが大丈夫なら、弟切くんが食べても平気なはず……！」

「は、灰崎さん……」

大きなハンバーガーじゃなくて、細長いフライドポテトを選択したあたり、若干腰が引けているようにも思えたけれど、今なおためらっている飛《とび》には何も言う権利がない。

「じゃ、どうぞ……」

「いくよ。いっ……て、いいんだね？　本当に、おれがいっても、いいんだね……？　年長者だしね……そうだよね……いくしかないよね……うん……わかった、いく……か……それとも、いかざるべきか……」

「もういいよ……」

飛は星形のフライドチキン的な何かを手づかみした。揚げ物の匂いがする。ぱくっとひと齧《かじ》りした感じは、肉ではあるとしても、何の肉だか定かじゃない。牛肉とは違うけれど、豚肉のようでも、鶏肉《とりにく》のようでもある。けっこうジューシーだ。香辛料が使われているようで、スパイシーでもある。

「……あぁ。うまいね」

「普通にうまいんかぁーい！」

灰崎はフライドポテトらしき物体を口に入れた。

「うん……うん……うん？　何これ？　ポテトじゃ……ない？　ううん……にゅるっとしてる……」

「どっちかというと、フライドポテトよりはフライドオニオンに近いかもな」

冒険者も、フライドポテトならぬフライドオニオンらしき物体を、一本だけじゃない、二、三本、一気に食べた。

「これはこれで悪くないだろ？」

「悪くはない……かな。うん。たしかに……」

「問題は──」

飛はいよいよ瓶を手にした。なかなか冷たい。ちゃんと冷やしてある。蓋はついていない。少し発泡しているようだ。

「炭酸……？」

「酒じゃないぞ。オトギリトビはまだ学生なんだろ」

冒険者は瓶に口をつけて、ぐびっと飲んでみせた。

「ヌルスピ。ヌルースピットって名で売られてる。地下ではポピュラーだな」

「……スピット」

灰崎《はいざき》が呟《つぶや》いた。

「それって、英語？　スピットってたしか、唾って意味なんじゃ……ヌルーさんの唾？」

そう言われると怖くなってきた。でも、冒険者は平然とぐいぐい飲んでいるし、いったん喉の渇きを意識してしまったら、やばい。水分をとらないと危険な気がする。

飛《とび》は勇気を振りしぼってヌルスピを一口飲んでみた。

「……ん……」

甘い。でも、酸っぱい。しょっぱくはない。ちょっと苦味がある。けれども、すーっとするので、苦い苦いと騒ぐほどじゃない。炭酸の刺激は思ったほど強くなく、口の中から喉までぷちぷちと弾《はじ》ける感触が程よく伝わる。飛はそんなに炭酸飲料を飲んだことがないので、そのせいもあってか、似たものが思いつかない。独特だけれど、いやではないから、飲める。喉が渇いているからなのか。どんどん飲めてしまう。

気がつくと、飲みきっていた。

「……うまいじゃん」

つい、じゃん、とか言ってしまった。

「好きに食べたり飲んだりしてろ。ぼくは何人かに話を聞いてくるから」

冒険者はそう言うと、魔法使いを従えてテーブルを離れた。

飛とバク、灰崎とオルバーで何もかもすっかり食べて飲んでしまうまで、どれだけかかったろう。あっという間だったようにも思える。

「いやぁ……侮れないね。人外町飯」

灰崎の顔がつやつやしている。その左肩の上では、オルバーが両手や顔の周りを舐《な》めてきれいにするのに余念がない。

「なんか、暮らしぶりもわりとよさそうだし。そこまで変な目で見られるわけでもないし。生活できちゃうかもね、これ」

「まあ……」

灰崎ほど楽観的にはなれないが、飛も存外、居心地は悪くない。

「しっかしよォ。オレらは何を食ったんだ？」

バクはきょろきょろして、他の人外たちが食べたり飲んだりするさまを見ている。

「これまで、人間の食い物を食いてえと思ったことは一度もねえ。でもよォ、あのハンバーガーだの何だのは、見た瞬間、ヨダレが止まらなくなっちまったぜ。オルバーだって喜んで食ってただろ」

「ううん……」

灰崎が腕組みをして考えこんだ。今の今まで頬《ほお》をてからせていたのに、もう顔色がよくない。こんなに素直な大人がいるものなのか。飛は変に感心してしまった。

冒険者と魔法使いが帰ってきたので、食材について尋ねようとしたら、用が済んだので酒場を出るという。何せ冒険者のことだから、言うとおりにしないと置き去りにされかねない。酒場をあとにすると、今夜の仕事は終わりだと一方的に言い渡されて、やはり目抜き通り沿いの宿に泊まることになった。

冒険者が入っていった宿は、ホテルというより旅館的な佇《たたず》まいだった。もちろんと言うべきなのか、部屋は冒険者がとってくれた。冒険者と魔法使い、飛《とび》とバク、灰崎《はいざき》とオルバーで一部屋ずつ、三部屋で料金は〆《しめ》て三千GENらしい。飛とバクの部屋は畳敷きの六畳間で、畳まれた布団が二組置いてあった。洗面所や風呂などは部屋とは別のところにある。泊まるだけなら十分だ。

壁からケーブルが伸びていて、スマホに挿すと例のアンカン《UnCaN》とかいう有線ネットワークに繋《つな》がった。同時にバッテリーが充電されるみたいだ。ついでにワイヤレスイヤホンも充電しておくことにした。

スマホの表示によればすっかり夜なのに、飛は眠気を感じなかった。それなりに疲れてはいるけれど、気になることがたくさんありすぎる。

「風呂があるんだろ。ひとっ風呂浴びてくればいいんじゃねえの」

バクが畳まれた布団をソファー代わりにして言った。

「でも、着替えもないし……」

「ン？　オッ。見ろよ、飛」

　バクは尻の下から何か出して広げてみせた。

「浴衣じゃねえか、コレ」

「やたらとでっかくない……？」

「オレでも着られそうだな」

　バクは浴衣を羽織った。

「へヘッ。どうよ？」

「どうって……」

　返答に困っていると、誰かが部屋のドアをノックした。冒険者と魔法使い、それから、灰崎とオルバーも一緒だった。

「夜は長いからな。ヌルスピ、買ってきてやった」

　冒険者と魔法使いは瓶入りの青い飲料を十本以上、持ちこんできた。

「おれは寝ようとしてたんだけど、無理やり……」

　灰崎は浴衣姿だ。

「でも、まあ、明日の打ち合わせくらいはしておいたほうがいいか……」

「打ち合わせ？」

　冒険者は畳にどかっと腰を下ろしてあぐらをかいた。

「いらないだろ、そんなもの。旅館で夜することっていったら、決まってる」

「夜すること……？」

飛《とび》はバクと顔を見合わせた。

魔法使いが冒険者の隣に座って、畳に一組のカードを置いた。冒険者はそのカードを手に取り、さっそくシャッフルしはじめた。

「トランプ大会だ。さあ、ババ抜きか？　七並べがいいか？　大富豪でも、セブンブリッジでもいいぞ。軽く神経衰弱から始める手もあるか。いつもは相棒と二人だからな。これだけ人数がいると、一味もふた味も違うだろ」

「……そ、そのために連れてきたの？」

灰崎《はいざき》はかなりいやそうな顔をしている。

「あたりまえだ」

冒険者はトランプを切りつづけながら顎をしゃくってみせた。

「さっさと座れ。時間がもったいない。朝になったら仕事再開だからな」

「え？　睡眠時間は……？」

「それはおまえたち次第だな。ぼくの気がすむまで、トランプ大会は終わらない」

「おれたち次第ってより、きみ次第なんじゃ……」

「そうとも言う。いいから座れ、ハイザキイツヤ。ずっと楽しみにしてたんだから、これ以上、ぼくを焦《じ》らすな。オルバーはハイザキイツヤと組むってことでいいか。オトギリトビとバク、おまえらは別々だな。よし、決めた。まずはババ抜き十回戦でいく。王道だ。

さあ、配るぞ――」

#3-4_otogiri_tobi/ YABA1

「……めちゃくちゃだよ……まったく……」

肩を落として歩く灰崎《はいざき》の目の下には隈《くま》ができている。灰崎の首に巻きついているオルバーは、朝、会ったときからずっとそのままだ。

灰崎と違って、飛《とび》はすっきりしている。昨夜のトランプ大会は朝方まで続いたので、たしかに長かった。でも、トランプの経験がほとんどない飛にとっては新鮮で、ルールを覚えて勝てるようになると、なかなか楽しかった。それに、結局、冒険者に叩《たた》き起こされたのは昼近くだったから、飛はけっこう熟睡できたのだ。何なら、わりといい感じの夢まで見た。内容は忘れてしまったが、気分がよくなるような夢だったことだけは間違いない。冒険者が買ってきてくれた朝ご飯のホットドッグ的なものと、カップ入りのラーメンサラダみたいなやつ、あとは青くない黄色バージョンのヌルスピもおいしかったし、むしろふだんよりも体が軽いくらいだ。

魔法使いを従えて飛たちの前を行く冒険者も元気一杯といったふうで、足どりがはつらつとしている。きっと、トランプ大会がよっぽど楽しかったのだろう。

「灰崎さんは、なんでそんな？」

「……トランプがね……こう、目をつぶっても、浮かんでくるっていうか……眠ろうとしてもトランプやってるみたいな……自分で言ってて、よくわからないんだけど………それでぜんぜん、寝つけなくて……とにかくもう、トランプがね……正直、今もなんだけどさ……トランプがちらついて、もう……トランプは一生、やりたくないかな……」

「意外とおもしろかったけど」

「……いやあ……おもしろいとかおもしろくないとかじゃなくて……何だろうな……トランプの呪いにかけられちゃったみたいな……呪い……呪いか……トランプの……ほんと、なに言ってんだ、おれ……でも、マジでさ……トランプ、怖い……あの音とか……トランプを切る音とか……トランプの感触とかも……怖い……トランプ、怖い……」

冒険者がちらっと振り返って笑った。

「軟弱なやつめ」

「……おわぁっ。冒険者の顔がトランプの何かに見えるぅっ。絵札の……うわあぁ……」

「大丈夫かよ、コイツ……」

バクが呆《あき》れている。飛は首をひねった。

「大丈夫……ではないんじゃ」

「そんなことはどうでもいいが、見えてきたぞ」

冒険者が前方を指し示した。

行く手にそびえるその建造物、というより、建物群、と言うべきだろうか。おんぼろアパートのような建物や、まだ新しい高層ビル、倉庫、体育館、等々をむやみやたらと寄せ集めて、ぐちゃぐちゃにかき混ぜ、なんとかひとまとめにしたかのようだ。建築途中のようでもあり、それが完成形のようでもある。何しろ、見た限り、天辺《てっぺん》というものがない。人外町には空がなく、黄色っぽく、青みがかってもいる靄《もや》が垂れこめているせいで、天井も見えないのだ。その靄は建物群の全貌を霞《かす》ませているけれど、とりわけ上部はすっかり覆い隠されている。おかげで、建物群がどこまで続いているのかも定かじゃない。

「あの一帯が、ヤミクロシティ。中心の建物は苦呑城《クードンジョウ》と呼ばれてる。ここいらじゃ最大の規模を誇る外道街だ」

冒険者はなぜか得意げだ。ちょっと興奮しているようでもある。

「……で」

なんだかよくわからないけれど、すごそうな場所だ。飛《とび》としては訊《き》かないわけにはいかない。

「そんな危なそうなところに、僕らはこれから何をしに行くの？」

「八目三口《はちめみくち》は苦呑城の地下二階にいるらしい。昨日の情報収集でだいたいはっきりした。言わなかったか？」

「聞いた覚えがないし、言ってないと思うけど……」

「そうか。今、言ったから、これでいいな」

「……いいのかな？」

灰崎《はいざき》は力なく頭を振った。

「いいか……もういいや、何でも……トランプよりは……あぁ……トランプがぁ……」

＋＋＋＋＋＋＋＋

ヤミクロシティの入口付近は、狭くてごみごみした通りが入り組んでいた。どぶのような臭いがして、人外たちが道端にしゃがんでいたり、だらしなく寝そべっていたりする。でも、苦呑城に足を踏み入れた途端、雰囲気が一変した。中はごちゃごちゃした商店街みたいで、人外たちがせわしなく行ったり来たりしている。あちらこちらにたむろしている人外もいる。どこを見ても看板だらけだ。どぶ臭さは様々な食べ物の匂いに取って代わられ、通路沿いに並ぶ湯気を立てる大鍋や、煙が上がっている焼き台で、いったい何が調理されているのか、気になってしょうがない。

煮立った鍋の中に、何かの手みたいなものが浮いていたのだが、あれは飛の見間違いだろうか。とある看板には、何とかの頭焼、と書かれていた。骨、血、脳、目玉、心臓、肝臓、といった文字も目につく。

「ここって、外道街——なんだよね……」

灰崎《はいざき》の目の下の隈《くま》がよりいっそう濃くなってきたような気もする。

「外道食っていうのは、大っぴらに人外が人外を食べること……なんだよね……てことは、つまり……」

「何をビビってるんだ」

冒険者が笑った。

「ここはまだ苦呑城《クードンジジョウ》の一階だから、外道食堂なんてないぞ。使ってる食材は目抜き通りあたりの店と変わらない。魍魎《もうりょう》だ」

「もうりょう……？」

灰崎は自分の髪の毛を掴《つか》んで引っぱった。その拍子に何本か抜けた。

「あぁっ。なんかいやな抜け方……最近、どうも抜け毛が……ストレスかな……」

「魑魅《ちみ》魍魎。物《もの》の怪《け》とも言うな。——朝飯は食ったが、満腹ってほどでもない。せっかくだし、腹ごしらえしていくか」

冒険者は何度か角を曲がって食堂らしい店に飛《とび》たちを連れこんだ。看板には、魍魎麺、という難しい字が並び、店内は小さめのラーメン屋くらいの広さだった。天井からやたらとたくさんの電球が吊《つる》されている。なんとも異様だ。席はカウンターだけで、人外の客が二人ほど座っている。冒険者以下、飛たちが座ると、ちょうど満席になった。

　カウンターの向こうで、何か作業をしている調理人らしきエプロンを着けた人外は、目から大輪の花を咲かせている鉤鼻《かぎばな》があまりにも大きすぎのサンタクロースといったところだ。地上で出くわしたらさぞかし仰天するだろうが、もっとパンチのある見た目の人外もここには普通にいるので、飛も、ふうん、と流してしまえた。でかっ鼻の花々サンタは、飛たちに顔を向けると、あぁい、といったような声を出して調理を続ける。他に店員はいないようだ。小さい店だから、でかっ鼻の花々サンタがひとりで回しているらしい。

「ここはメニューが一つしかない」

　冒険者が言った。

「魍魎麺、略してモーメンだけだ。何も言わなくても人数分、出てくる。安くてうまいから、たまに来るんだ」

「……実際、うまそうな匂いはするがなァ」

　バクは少々落ちつかない様子だ。片方の先客はそのモーメンとやらをずるずるずびずびと啜《すす》っている。見た感じ、ラーメンだ。味が濃そうな、塩や醤油《しょうゆ》じゃなくて、どうやら味《み》噌《そ》ラーメン、スープが赤みを帯びているので、辛味噌《からみそ》だろうか。

　カウンターの上に置かれたトレーに、チャーシューのような肉のかたまりがどかっとのっている。あれは何の肉なのか。よく見ると、いわゆるかたまり肉じゃない。手足のようなものがある――ような。

「ハダカモグラを丸焼きしてじっくり煮た特製チャーシューだ」

冒険者が薄笑いを浮かべた。

「しかも、この店のは養殖じゃない。野生のやつで、まだ若いどころか、子のハダカモグラだ。おまえたちが食ったのとはまた一味違うぞ」

「おれたちが、食った……？」

灰崎《はいざき》が呻《うめ》いて口を押さえた。

「……それって、ハンバーガーとかホットドッグとか……のこと……？」

「人外町では一番ポピュラーな肉系の食材だからな」

「ハダカモグラ……って、聞いたことないんだけど、何かそういう特別な種類の動物が地下にはいる……とか？」

「言ったじゃないか。動物じゃない。魍魎《もうりょう》だ」

「魍魎……」

「妖怪とか、魔物とか、いろいろあるだろ。地上の連中は、だいたい絵空事かお伽話《とぎばなし》か何かだと思ってるんだよな」

「ようするに、その正体って人外だよね……？　見える者にしか見えない。だから、見えない人たちには、現実じゃない何かとして語られる」

「人外だけだと思うか」

冒険者は立ち上がってコップを取り、ピッチャーからそれに緑色の液体をついだ。少し発泡している。冒険者はふたたび椅子に腰を下ろして平気でごくりと飲んだが、いったいどういう飲み物なのだろう。ヌルスピの青と黄はおいしかったけれど、ちょっと怖い。

「人外ってのはよォ」

バクが腕組みをして言った。

「ようするに……何だ。オレが言うのもアレだけどよ、人間が生みだしたモノなんだろうな。つーことは、オレは飛《とび》に生みだされたのか？　ウーン……」

「人間の一側面……なのかもね」

灰崎がカウンターに肘をついた。ややもすると突っ伏しそうだ。

「ある意味、表裏一体っていうか。研究はされてるみたいだし、その筋で有名なアルトリヒト・ローゼンって人の文書とか、おれも読んだけど。何しろ、人外視者にしか見えないっていうのがネックで。見えない人にとっては、オカルトと大差ないみたいなことになっちゃうからね。見えない人のほうが、圧倒的に多いわけだし……」

「人間が――」

飛はふと浮かんだ疑問を口にした。

「生まれる前は？　生まれる……ええと、だから、アウストラロピテクス？　猿人だっけ。そういうのが進化して、人間に……ホモサピエンスっていうの？　なったんだよね。それまで、そういう、妖怪的な……怪物みたいなのは、いなかった？」

「いたんだよ」

冒険者がさらりと答えた。

「魍魎《もうりょう》と呼ばれるものたちは、もともと存在してた。今でも、人間の手が及ばないような場所に隠れ住んでる。住《す》み処《か》を奪われて、追いやられたのさ」

そして、下を指さしてみせた。

「地下にな」

「え？」

灰崎《はいざき》が首を傾《かし》げた。

「でも、ここが地下……なんだよね？」

「人外町や人外横町ができるまで、ここいらも魍魎たちのテリトリーだった」

「てことは――」

飛《とび》は頭の中で、人間たちが文明を築いている地上、人外たちが住む地下、そのさらに下の空間をぼんやりとイメージした。

「魍魎は、人間たちに追われて地下に逃げたのに、そこに人外たちがやってきたもんだから、もっと下に潜った……みたいな？」

「そんな感じだ」

冒険者は緑色の液体をまた飲んで、肩をすくめた。

「魍魎たちが住むエリアを、地底って呼んだりもする。ただ、それが人外町の下にあるのかっていうと、そう単純じゃないけどな。人外町に棲息《せいそく》してる小動物とか虫みたいなのとかも、基本的には魍魎の一種だ。食用に適した魍魎を工場で養殖して、加工したりもしてる。人外と魍魎は共生してるのさ」

でかっ鼻の花々サンタがもうひとりの先客にモーメンを出した。それから間もなく、飛たちのぶんも出来上がった。

「これがモーメン……」

赤い。けっこう赤いスープだ。麺はかなり黄色い。太くて平らな麺だ。具は野生の子ハダカモグラのチャーシューに、真っ青じゃなかったらキャベツにも見える野菜の葉っぽいもの、真っ黒い何か、真っ白くて丸い卵のような物体も入っている。

香りは味噌《みそ》ラーメンに近い。でも、何か違う。いや、だいぶ違うのか。嗅げば嗅ぐほどわからなくなって、怖くなってくる。それでいて、食欲をそそる匂いだ。

「麺とか、他の具も、魍魎……？」

飛が訊《き》くと、冒険者に笑われた。

「教えてやったろ。人外町で飲み食いするものは、水と香辛料以外、ぜんぶ魍魎だ。色違いのニンジンとかキャベツみたいな魍魎もいるからな。しゃべったりするけど」

「……しゃべるんだ。ニンジンとかキャベツが……」

「鳥や豚だって、動き回るし、鳴いて騒ぐ。それと同じだ。植物にしても、じっとしてるだけで、意外と何か感じてるかもしれないぞ。そうでなくたって、生きてることに変わりはない。人外の食事に難癖つけるなら、何も食わないで飢え死にするんだな」

冒険者は箸立てから箸を抜くと、勢いよくモーメンに突き立てた。

「ぼくは食う。生きることは、冒険することだ。冒険するために、ぼくは食うことをやめない！」

もうもうたる湯気を浴びながら大量の麺をがばっとすくいとって、ふーふー冷ましもせずに、ずざささっと口の中へと吸いこむ。

「──あーぅっ！　これこれこれ！　たまんないな、この味！　みなぎってくる……！」

「クッソォ……ッ！」

バクも箸を取った。丼を持つ。スープか。スープからいくつもりだ。

「──ずおおぉおっ……！　おおおあぁっ!?　マジかァッ!?　うめえぞコレ!?　ハンバーガーとかホットドッグとはレベルが違うぜ！　何だコレ！　何なんだコレ……ッ！」

「そ、そんなに……？」

灰崎《はいざき》は唇のすぐ下を手でぬぐった。よだれを垂らしていたのか。

見れば、魔法使いがローブの襟を下ろして、モーメンを静かに食べている。その口が、何というか、なかなかどうして、たとえるなら肉食恐竜みたいな感じだったから、飛《とび》は一瞬、怯《ひる》んでしまった。でも、これまで飛たちの前では食事をしなかった魔法使いが、モーメンは食べている。ひょっとして、モーメンだからこそ、食べているのか。モーメンだけは食べずにいられない、とか。

飛も箸を取った。

「……いただきます」

そうして食べはじめたのは間違いないが、どんなふうに食べ進めたのか、いつ食べ終わったのか、飛はまったく覚えていない。

一つだけ言えることがある。

モーメンはやばい。

＋＋＋　＋　＋＋＋＋

苦呑城《クードンジヨウ》地下一階は、一階とはまるっきり様相が異なっていた。

まず明かりが少ない。だだっ広いスペースが、廃材、ガラクタを積み上げた壁でぐちゃぐちゃに仕切られているような造りで、迷路みたいというか、ほぼ迷路そのものだ。ところどころに壁で囲われた部屋があって、そこに人外たちが集まっている。飲食店のようなものもあるようだが、看板のたぐいは一切出されていない。

地下一階の人外たちは、どうやら冒険者一行を歓迎していないらしい。襲いかかってきたりはしないものの、部屋の近くを通りかかると、だいたいその出入口から人外たちが顔を出す。出入口付近で、見張り番でもしているかのように人外が立っていることもある。そうした人外は決まってイカツい。冒険者一行を睨《にら》みつけてきたり、追っ払おうとするみたいに手や手のようなものを振ってみせたり、威嚇的な声を発したりする。

「外道街っていっても、本物の外道はそこまで多くない――」

冒険者が歩きながら教えてくれた。

「多少なりとも空気を読んで、それなりにお行儀よく、みたいな生き方はまっぴらごめんだから、ヤミクロシティが性に合うっていう人外たちもいる。でも、ここ――苦呑城《クードンジョウ》の地下一階〝B+ONE《ビーワン》〟は、正真正銘、外道どもの吹き溜《ふだ》まりだ」

「人外を食べる、人外……」

灰崎《はいざき》はごくっと唾を飲んだ。

「モーメン、ばかうまだったし、あんなものが食べられるなら、わざわざ人外を食べなくても……いや、おれは人間だから、人外の感覚とは違うか」

「アレはオレもクソほどうまかったぜ？」

バクが言った。

「腹が一杯になるだけじゃねえ。何だろうな。こう……言葉にできねえような満足感があるっつーかなァ。ウン……似てるっちゃ似てるな」

「何に似てるんだ？」

冒険者が笑いを含んだ声で尋ねた。

「アァ？　ソイツはァ――」

バクは答える途中でいきなりゲフンゲフンと咳《せき》をした。バクなりに、ごまかそうとしたのだろう。

「バクには何回か食べさせたことがある」

飛《とび》はなるべくさらっと、事もなげなふうを装って明かした。

「だろうな」

冒険者も平然と返した。

「自覚があるかどうか知らないけど、おまえの人外はそうとう変わってるぞ。主喰《あるじぐ》らいだと言われても信じるやつがいるかもしれない」

主喰らい。

初めて聞く言葉だ。でも、飛はすぐにそれが意味するところを悟った。

主を食べた人外。

雫谷《しずくたに》ルカナを食べてしまった、サイファのように。

つまり、燼《じん》だ。

きっと主喰《あるじぐ》らいとは、燼のことだろう。

「……それは特別な人外なの？」

「らしいな」

冒険者は前を向いたままため息をついた。

「主を食べるっていうのは、人外食とは次元がまったく違う。人外は、動物や人間の食べ物にも普通は食欲を覚えないんだ。主を食べるなんて発想自体、ありえない」

「フゥーム……」

バクが考えこむそぶりをみせた。すぐに頭を激しくぶるんぶるん振った。

「わからねえッ。飛《とび》を食うとかッ。絶対、マズいだろ！」

「まあねえ……」

灰崎《はいざき》は首に巻きついているオルバーを撫《な》でた。

「食べるとか食べられるとか、想像がつかないよな」

「これは人外と関わりがないやつに言ってもわからないだろうが、おまえたちなら理解できるはずだ」

冒険者が言う、おまえたち、とは、飛と灰崎のことに違いない。

「ぼくらにとって、人外は自分の一部か、自分自身そのものだ。理屈じゃなくて、切っても切れない。人外にとってもそれは同じだ」

でも、主のほうが、食べて欲しいと願ったとしたら？

雫谷《しずくたに》ルカナのように。

たとえば、飛が心の底からそれを欲して、バクに頼んだら、どうなるだろう。バクは拒むだろうか。もちろん、いやがるはずだ。しかし、拒みきれるのか。バクがいやがることを知っている飛は、それを強要できるか。

『特別なものになりたいかい？』

飛の兄、弟切潟《おとぎりせき》、S、サリヴァンが、雫谷にそう問いかけた。

『あたし、なりたいです、特別に！　本当に、特別なものに！　だって、特別じゃなきゃ、何の意味もない……！』

雫谷は、それでサイファに自分を食べさせたのだ。そうすることで、特別になれると潟に教えられたから。雫谷は潟に心酔していたようだ。その潟に望まれたから、喜んで従った、という面もあるだろう。とにかく、雫谷はそれを願い、サイファは応えた。

そして、雫谷は特別なものになった。

異形の燼に。

人外のようでいて、雫谷の意思も持っているようだった。あの燼はまるで雫谷のようにしゃべった。

「ちなみに――」

冒険者は足を止めた。

「真偽の程は不明だけど、八目三口《はちめみくち》は主喰《あるじぐ》らいだと噂《うわさ》されている」

暗くてそれまでよくわからなかったけれど、階段だ。冒険者のすぐ前に下りの階段が口をあけている。

「苦呑城《クードンジョウ》地下二階〝B+TWO《ビートゥー》〟。やつはこの先にいる」

＃3-5_otogiri_tobi/　せめて一度くらい

階段付近は明かりがまったくなかったが、地下二階に下りると、通路の向こうで蛍光灯が点滅していた。そういう照明だというわけじゃなくて、切れかけているようだ。床はコンクリートのようなもので固められているけれど、ひび割れたり表面が剥《は》がれたりしている。壁も床と似たような感じだ。天井は岩肌らしい。いやに湿気があって、空気がひんやりしている。壁を伝う水は、天井の岩肌から染み出しているようだ。

点滅する蛍光灯のところまで進むと、その先がホールのように開けていることがわかった。かなり広くて、天井も高い。遠くのほうでぽつぽつと電球が灯《とも》っている。体育館くらいの広さはありそうだ。

「妙だな」

冒険者があたりを見回した。

「誰もいない。ここでは賭け試合が頻繁に行われてたはずなんだが」

「試合……」

飛《とび》が目を凝らして見ると、広間の真ん中あたりに四本の棒がまっすぐ立てられていた。それらの棒をロープで繋《つな》いだら、リングのようなものができあがりそうな気がする。

「賭けるっていうのは、何を……？」

灰崎《はいざき》が尋ねると、冒険者は鼻で笑った。

「わかるだろ。人外同士が自分自身を賭けて試合するんだよ」

「負けたほうは……勝った人外に食べられちゃうわけか」

「賭け試合自体は外道街の名物みたいなものだし、苦呑城《クードンジョウ》のあちこちでやってるけどな。ここは常設の試合場で、ひっきりなしに人外たちがやりあってた――と思うんだが」

おかしいな、と呟《つぶや》く冒険者の声が虚《うつ》ろに響き渡った。

調べてみると、賭け試合場だったというこの広間はやはり体育館程度で、上り階段へと向かう通路以外にも、ここから三本の通路が延びていた。

冒険者と魔法使いはB＋TWO《ビートゥー》にはあまり来たことがないようだ。だから詳しくは知らないみたいだが、いくつかの区画があって、外道の人外たちがグループのようなものを形成してそれぞれの区画に根を張り、抗争を繰り広げていたらしい。でも、そうしたグループは内輪揉《うちわも》めも多く、移り変わりが激しかった。何しろ、わざわざB＋TWOに下りる人外は、人外を食べたくて仕方ないような、外道の中の外道ばかりだという。味方だろうと、何か気に食わないことがあって仲違《なかたが》いすれば、ただの喧嘩《けんか》ではすまないのだ。どちらかが食べられてしまうまで終わらない。

賭け試合場は中立地帯だったようだ。暗黙の了解で、どの外道もここでは試合でしか人外を食べない。人外食をこよなく愛する外道たちが、外道同士の喰《く》らい合いを見物して大騒ぎする。そういう場所だったらしい。

「どんな場所だよって話だけど……」

灰崎はげんなりしている。

「たまたま試合がなくて、静かなのかな。それにしても……だよね。階段行きの通路はともかく、他三つの通路のうち、二つは真っ暗。一つだけ明かりがついているっていうのも、なんだか気になる。もっと言えば──」

「完全に誘われてるな」

冒険者はその明かりがついている通路を進むつもりみたいだ。

その通路は、階段と賭け試合場を結ぶ通路と似たり寄ったりだ。まっすぐ延びていて、二十メートルくらい前方にオレンジ色の光が灯《とも》っている。床に置かれているように見えるので、ランプか何かだろうか。

「上等じゃないか」

冒険者は肩を揺らして笑った。えらく楽しそうだ。

「これまで数えきれない賞金首を相手にしてきたが、こんな形でぼくに挑戦状を叩《たた》きつけてきたやつはいない。冒険はこうでなくっちゃな」

「あからさまだし、何か罠《わな》とか──」

飛《とび》が言い終える前に、冒険者が指を鳴らした。

「罠《わな》か！　いいね！　それでこそ冒険だ！　一生に一度でもいいから嵌《は》まってみたい——と言えば？　罠だろ？　ん？」

灰崎《はいざき》は首を横に振っただけで、口答えはしなかった。まあ、わかる。冒険者に何を言っても無駄というか。それより、魔法使いがとんがり帽子を押さえてうつむき、何か言いたそうにしているのが飛は引っかかった。もしかして、冒険者は今までにも賞金首の罠に嵌められたことがあるんじゃないのか。だとしても、懲りるような人じゃないだろう。むしろ、もっと、さらに危険な罠を求めたりしそうだ。

「慎重に進もう」

飛の提案を、冒険者は撥《は》ねつけなかった。

「もちろんだ。見え透いた罠なんて興ざめだからな。そうきたかっていう驚きがないと、罠じゃない」

案の定だ。

冒険者は罠を欲しがっている。

飛は灰崎と目を見交わした。今にも突っ走りだしそうな冒険者に流されてしまわないように気をつけて、なるべく用心しないといけない。それから飛は、バクの背中を叩《たた》いた。

バクは、わかってるって、というふうにうなずいてみせた。

冒険者が先頭で、その後ろに魔法使いがつく。飛とバクが二列目で、灰崎が最後尾だ。オルバーは灰崎の首から離れて、左肩の上にのった。

一応、警戒心を強めてはいるようで、冒険者は少し重心を低くし、段平《だんぴら》の柄に手をかけた状態で前進しはじめた。歩く速度もふだんよりは遅い。

行き先の床に置いてあるのは、やはりランプのようだ。

相変わらず、冒険者一行以外の気配はない。

――と思う。

ランプまで、もう十メートルを切っている。

あまり気にしていなかったけれど、灰崎の足音がやかましい。長靴を履いていて、かぱかぱしているせいだ。

「うるせえな、この音……」

バクが低い声で言った。

「ごめん……」

灰崎が小声で謝った。その直後だった。

冒険者が足を止めたので、飛たちも立ち止まった。

ランプまでは、七メートルといったところだ。

「キ、キ、キ……」

暗闇の中から、癇《かん》に障《さわ》る甲高い笑い声が伝わってきた。

「おめえらですかぃ？　あにきぃの命ぁ狙う、不届きなギルドの回しものどもってのはぁ、おめえらですねぃ……？」

「どこのどいつだ！　名を名乗れェッ！」

バクが怒鳴った。

「キ、キ、キ、キ……」

あの笑い声、すごく不愉快だ。あれに似ている。爪みたいな硬いもので黒板を引っかいたときの音にそっくりだ。

「ひとに名前を尋ねる前に、自分から名乗るのが礼儀ってもんでやんすよぉ？　無礼者に名乗る名はねえでやんす、キ、キ、キ、キ、キ、キィ……」

「ぼくは冒険者だ」

冒険者が段平《だんびら》をすらりと抜いて、その切っ先を前方に向けた。

「名乗りたくなきゃ名乗らなくていい。どうせぼくの段平の錆《さび》になるんだからな」

「キ、キ、キ、キ……くそ生意気でやんすねぃ、キ、キ、キ、キ、キ、キィ……」

パチン、という音がした。スイッチでも入れたのか。

ランプの向こうで、そうとうな数の小さな明かりが一斉に点灯した。両側の壁や天井に、クリスマスツリーのイルミネーションみたいなものが据え付けられている。

「……なんでファンシー……」

灰崎《はいざき》が呟《つぶや》いた。たしかに場違いな感じはする。

「あっしは目目《めめ》ちゃんでやんすよぉ。八目三口《はちめみくち》あにきぃの二の子分でやんす」

目目ちゃんと名乗ったのは、おそらく身長は百六十センチくらいで、恐ろしく大きな二つの目玉をぎょろつかせている、襟付きの紫マントをつけた人外だった。

目目ちゃんだけじゃない。その後ろにずらっと人外たちが並んでいる。どうやら八人いるようだ。目目ちゃん以外の八人は皆、空手着のような服を着ている。

「押忍《おす》！」

「おす！」

「オス！」

「メス！」

「ドス！」

「ガス！」

「ゲス！」

「はす！」

八人の人外が何かこう、空手的な、何らかの武術らしき構えのようなポーズをとった。

もっとも、一人として同じポーズじゃない。てんでんばらばらだ。

「キ、キ、キ、キ、キ、キ、キ、キ、キ、キ、キィ……」

目目《めめ》ちゃんだけは構えていない。突っ立っている。どの人外よりも小柄だけれど、この中では一番偉いのだろうか。

「あにきぃの手を煩わせるまでもねえでやんす。この目目ちゃん率いる八目衆《はちめ》が、くるりんぱってな具合で、軽ぅーくひねってやりんすからねぃ……目一《めいち》ぃ！」

「押忍《おす》……！」

空手着姿の一つ目小僧といった人外が進みでてきた。目一、とかいうらしい。

「ちゃぁーッッッ……！」

目一は助走もそこそこに跳び上がった。なかなかのジャンプ力だ。冒険者に飛び蹴りを浴びせようとしたのか。

「ぬるい」

冒険者は一歩、いや、一歩に満たない、半歩だけ足を進めて、前に突きだしていた段平《だんびら》をすっと振り上げた。そのとき飛《とび》は気づいたのだが、冒険者は段平を持つ右腕をただ前に伸ばしていたのではなくて、内側にひねっていたらしい。段平は日本刀のように片方にしか刃《やいば》がついていない。つまり、片刃の剣だ。右腕をひねることで、段平の刃を下ではなく、上に向けていたのだ。だから冒険者は、段平をそのまま振り上げるだけで、目一を真っ二つにしてしまえた。

「ウェッ……」

バクが変な声を発した。飛は声も出せなかった。

「キィエッ……!?」

目目ちゃんがビクッとし、他の八目衆とかいう人外たちは悲鳴を上げたり、あとずさりしたりした。

縦に両断された空手着姿の一つ目小僧・目一が、ぼたっと床に落下した。断面はかなりグロテスクで、そこから内容物がこぼれ、体液的なものも溢《あふ》れ出ている。

「相手にならないな」

冒険者はまた腕をひねって段平の切っ先を前に向けた。

「どんどん来い。何なら、全員一緒でもいいぞ」

「――キィイーッ！　大口《おおぐち》、手口《てぐち》ぃ！」

目目ちゃんが金切り声で叫ぶと、新たに二人の人外が躍りでてきたので、飛はちょっとだけ感心した。仲間があんなふうにあっさりやられたのに、まだ士気を喪失してはいないらしい。度胸はあるようだ。

「おす！」

大口はもう、ひたすら口が大きい。顔の九割が口だ。

「オス！」

手口《てぐち》は顔がない。というより、頭部がなくて、両手が口みたいだ。それとも、口が両手なのか。どっちでもいいというか、同じことだろうか。

「とえぇー！」

「フィイィーッ……！」

大口《おおぐち》と手口は左右に分かれた。大口は向かって右から、手口は向かって左から冒険者に襲いかかり、挟み撃ちにするつもりだろう。

でも、二人の目論見《もくろみ》はあえなく阻止された。冒険者は右に踏みこんで大口を斬り、そこから左に踏みこんで手口を斬ったのだと思う。かろうじて見えたような気がする。あくまでも、かろうじて、だ。正直、大口と手口を同時にぶった斬ってしまったようにも見えたけれど、そんなことはありえないので、どちらかが早かったに違いない。なんとなくだが、大口のほうが先で、手口があとに斬られたんじゃないか。

「……キイィイー!?」

目目《めめ》ちゃんが八目《はちめ》衆に指示を出すより早く、冒険者が命じた。

「次……！」

「――メ、メス！」

「ドス！」

「ガス！」

「ゲス！」

「はす！」

残る八目衆は五人だ。一気に来るのか。

「ええぃっ！」

目目ちゃんが八目衆の間をすり抜けて下がった。

「口太夫《くちだゆう》！　面目《めんぼく》！　一本《いっぽん》、六目《ろくめ》、多耳《たじ》、やっちまうでやんすよぉ……！」

「ハァーイィ……！」

口太夫は頭が真っ赤な唇だ。ただし、横じゃなくて縦に割れている。胸と尻がやけに大きい。ためらいがあるようで、攻めかかってこない。

「バカアホクソボケガァ……！」

面目は人間の体に巨大な眼球がのっかっている。どこにあるのか定かじゃない口は悪いみたいだ。冒険者めがけて突進する、と見せかけて、急停止した。

「ガス！　ガス！　ガァース！」

一本は、もう一本としか言いようがない。目や口はあるけれど、全身が一本の柱のようで、手足は見あたらない。空手着を巻きつけた柱だ。図体《ずうたい》はでかいし、けっこう怖い。ぴょんぴょん跳ねて冒険者に向かってくる。

「ガスガァース……ッッ！」

「話にならない」

冒険者は段平《だんびら》で斬るのさえもったいないとばかりに、一本を蹴倒した。

「——ガァース……!?」

一本《いっぽん》が倒れかかった先には、豆粒みたいな目が六つもある六目《ろくめ》と、頭が耳だらけの多耳《たじ》がいた。

「ゲス……!?」

「はすっ……!?」

六目と多耳は一本の下敷きになった。

「ハァイ……!」

「タワケダボォッ……!」

口太夫《くちだゆう》と面目《めんぼく》が二人がかりで一本を持ち上げて、六目と多耳を助けだそうとする。仲間の救助を優先したというよりも、冒険者と戦いたくないので、これ幸いとばかりにそっちの作業に取りかかったのだろう。

「あれっ!?　目目《めめ》ちゃんは……!?」

灰崎《はいざき》が叫んだ。そういえば目目ちゃんはさっき、八目《はちめ》衆に号令をかけるだけかけて、自分は後退したような。

「ガスガスガァース……!」

口太夫と面目に引き起こされた一本が、また冒険者に立ち向かった。一本というだけあって、一本気なのか。

「だから、無駄だって」

冒険者が段平を横薙《よこな》ぎにしゅっと振るうと、一本はすっぱり切り離されて二本になってしまった。

「――ガァース……!?」

「メ、メス！」

「ドォースッ！」

口太夫、面目はいよいよ覚悟を決めたようだ。

「ゲス！」

「はすぅ……！」

二人に救助された六目、多耳も、一緒になって冒険者に殺到する。

「こんなものか！」

冒険者は面目、口太夫、多耳、六目の順に撫《な》で斬《ぎ》りにした。具体的にどうやって斬ったのか。そこまではわからない。とにかく、猛然と攻め寄せてくる四人の人外を、まるで動かない木彫りの人形でも斬り捨てるように、やすやすと斬ってしまった。木彫りの人形でも、あんなふうにさくっと斬れるものじゃなさそうだし、すごすぎてもはや引くレベルだ。

「――ンだよ！　オレらは見てるだけかよッ！」

バクは不満そうだけれど、飛《とび》は呆《あき》れていた。

「……これ、いる？　僕らの手伝いとか……」

「キ、キ、キィ……」

あの神経に障《さわ》る笑い声が響いた。

目目《めめ》ちゃんだ。八目《はちめ》衆を犠牲にして逃げだしたんじゃないかと飛は怪しんでいたのだが、そういうわけじゃなかったらしい。

でも、八目衆を従えて立っていた場所からはかなり離れている。そこまで下がっておきながら、目目ちゃんはこちらに背中を向けてはいない。右足を前に出し、左足を下げて、腰を落としている。構えているのか。

「気合いは十分でやんす。食らうでやんすよぉ。ハチメ・カラーテイ――」

「ほう……」

冒険者は段平《だんびら》を肩に担ぐようにして半身になった。戦闘態勢というふうには見えないままでも、八目衆と対したときとは明らかに雰囲気が違う。今の目目ちゃんから、何かただならぬものを感じとっているのか。

じつは飛も、先ほどまでの目目ちゃんとは少し違う気がしていた。大きな二つの目玉がぎらぎらしていて、うまく言えないけれど、迫力というか威圧感みたいなものがある。

「正拳突きぃ……！」

目目ちゃんが突っこんできた。

「えっ――」

飛は度肝を抜かれた。目目ちゃんが動きだしたと思ったときにはもう、冒険者が左のほうに身をひるがえしていたからだ。

冒険者は目目ちゃんを躱《かわ》したのか。そうらしい。でも、早すぎる。というか、冒険者が身を躱すタイミングが早かったのではなくて、目目ちゃんが速すぎるのだ。

飛はそのとき冒険者の後ろにいたが、真後ろではなかった。真後ろというと、飛の右隣にいるバクだった。

冒険者が左に移動して、目目ちゃんをよけた。

その結果、目目ちゃんは冒険者じゃなくて、バクに激突した。

「ゴッ――」

バクは五メートルほども吹っ飛ばされてひっくり返った。

ただぶつかったんじゃない。正拳突き、と目目ちゃんは言っていた。突き。パンチだ。右の拳をバクの土手っ腹に叩《たた》きつけたらしい。

目目ちゃんはまだ右拳を突きだしたまま、両足を開いて、今の今までバクがいたところ、つまり、飛のすぐ右隣に立っている。

「くっ……！」

飛《とび》はかっとなって目目《めめ》ちゃんを殴るか蹴るかしようとした。よくも。ぶっ飛ばしてやる。しなかったんじゃなくて、できなかったのだ。ずん――……と、下半身が重たくなって、立っているのもつらい。息ができなくて、吐きそうだ。バクか。バクがやられたせいだ。

「オルバー……！」

灰崎《はいざき》が一瞬でオルバーと右脚を一体化させた。灰崎はオルバーの右足で床を蹴って跳び上がりはしなかった。わりと近くにいたので、左脚を軸にし、オルバーの右足で目目ちゃんに回し蹴りをお見舞いしようとした。

「ハチメ・カラーテイ――」

目目ちゃんはまたもやパンチを繰りだした。でも、目標は灰崎じゃない。下だ。床を思いっきり突いた。

「正拳突きぃ……！」

「つっ――」

灰崎はのけぞり、飛は尻餅をついた。

「……ぅあっ!?」

目目ちゃんの正拳突きでコンクリートっぽい床が砕け、その破片があたりに撒《ま》き散《ち》らされたのだ。灰崎と飛は、もろに破片を浴びる羽目になった。

「キ、キ……！　ハチメ・カラーテイ――」

飛は下半身が重苦しく痺《しび》れて動けないし、灰崎も怯《ひる》んで体勢を崩している。目目ちゃんは小柄で、あまり強そうには見えないけれど、あの正拳突きは侮れない。生身の飛や灰崎があんなパンチをまともに食らったら、痛い程度じゃすまないだろう。

まずくない、これ？

ピンチなんじゃ。

「逃げるでやんすよ……！　キ、キ、キ……！」

目目ちゃんが追い討ちをかけてこなかったから、命拾いをした――のかもしれない。

それにしても、目目ちゃんはすばしっこかった。走りだしたと思ったらもう、その後ろ姿がずいぶん遠ざかっている。

「見かけによらず、みっちり足腰を鍛えてるな。追うぞ……！」

冒険者が段平《だんびら》を鞘《さや》に収めて走りだした。魔法使いも続く。

「追うって言われても……」

飛は足にちゃんと力が入らない。

「大丈夫か!?」

灰崎に手を貸してもらって、なんとか立ち上がることはできた。でも、この状態で走れるだろうか。

「――……ちっくしょうめエーッ！」

バクがぐんっと反動をつけて跳ね起きた。目目《めめ》ちゃんに殴られた腹に、大きな手をバシバシッと叩《たた》きつける。

「おう……」

そんなことすると、こっちまで響くんだけど。飛《とび》はふらついたが、不思議と下半身の重さは消え失《う》せた。

「あのヤロー！　やられたぶんはやり返さねえと気がすまねえッ！　行くぞ、飛ィッ！」

「うん！」

もともと正拳突きを一発もらったのは飛じゃなくてバクだ。バクが平気なら、飛だってなんともない。

冒険者と魔法使いはだいぶ先に行っている。飛たちは全力疾走で追った。オルバーが右脚化している灰崎《はいざき》は、その右脚を九割、生身の左脚は一割くらいしか使わない変な走り方だが、そうとう余裕がありそうだ。でも、飛とバクから離れないほうがいいと思っているのだろう。灰崎は飛たちと並走している。

通路はクリスマスツリーみたいなイルミネーションで先々まで明るい。突き当たりが丁字路になっている。冒険者と魔法使いはそこを左に曲がった。間もなく飛たちも丁字路まで来た。冒険者と魔法使いの姿はない。ちょっと行ったところが、また突き当たりだ。行き止まりではなくて、そこから右に折れていた。クリスマスツリーのイルミネーションめいた照明はそこまでで、その向こうは闇に閉ざされている。冒険者と魔法使いは暗闇の手前で飛たちを待っていた。

「目目ちゃんは……!?」

灰崎が訊《き》くと、冒険者は顎をしゃくって暗闇のほうを示した。

「この先だ」

「ぶちのめしてやるぜッ……！」

バクが暗闇に突っこもうとしたら、冒険者が片手を上げて制した。

「そう慌てるな。お楽しみはここからだ」

「――そのとぉぉーり……」

何者かの声が暗闇の向こうから這《は》いだしてきた。

目目ちゃんじゃない。声質がまるで違う。ひょっとして八目三口《はちめみくち》なのか。

冒険者はまだ段平《だんびら》の柄に手をかけていない。落ちつき払っている。

「キ、キ、キ……」

目目ちゃんの笑い声が聞こえた。暗闇の先には、目目ちゃん、それからもう一人、別の人外がいる。とりあえず、それだけは間違いない。

パチン、という音がした。スイッチを入れたのだろう。

途端に十メートルか十五メートルくらい先が明るくなった。またクリスマスツリーみたいなイルミネーションだ。さっきは単色だったけれど、今度は色とりどりで、ある意味、よりいっそうクリスマスっぽさが増している。

そこは部屋なのか。少なくとも、通路よりは広そうだ。椅子が一脚置いてある。その椅子に座っているのが八目三口《はちめみくち》だということは、ギルドでザポーンが見せてくれた画像と同じ容姿なので、すぐわかった。八目三口の右に目目《めめ》ちゃんが、左に別の人外が立っている。そっちの人外はだいぶ背が高いというか、頭がやたらと長い。目目ちゃんと同じく、八目三口の真似《まね》をしているのだろう。襟が付いた紫色のマントを着用している。黒白横縞《よこじま》のシマシマ人間、いや、頭長すぎシマシマ人外だ。

「おれぁ、八目兄ィの一の弟分……侍武羅《じぶら》でぇい……」

なんとなく、ヒヒンといななき出しそうな感じがした。

「ひひぃん……」

本当にいなないた。

「八千万に、千五百万、五百万」

冒険者がひっそりと笑った。

「しめて一億GENだ。雑魚《ざこ》どもと違って、少しは遊べるといいが」

「冒険者ァ――……」

　八目三口は三つの口を同時に動かした。わりと気持ち悪いが、妙に渋くていい声だ。

「我輩の無能な子分どもが世話になったみてえだな。聞いてるぜ。賞金首狩りで、ずいぶん荒稼ぎしてるらしいじゃねえかァ――……」

「まだまださ」

　冒険者が段平《だんびら》の柄を握った。

「稼ぎがどうこうってより、血湧き肉躍る冒険がてんで足りない。ぼくは冒険したいんだ。冒険したくてたまらない。もっと。もっとだ。八目三口。おまえの食欲と、僕の冒険欲。どっちが強いかな」

「食欲、かァ――……」

　八目三口が呟《つぶや》くと、頭長すぎシマシマ人外の侍武羅がふたたびいなないた。

「ひひぃん……」

　もしかして、あれは侍武羅の笑い声なのか。

「キ、キ、キキッ……」

　目目ちゃんも笑った。

「あにきぃのこと、なんにもわかってないんでやんすねぃ。八目衆の連中も、あにきぃがとにかく強ぇから、憧れたりへいこらしたりしてただけやんす。あにきぃのことをわかってるのは、この目目ちゃんと侍武羅さんだけってことでやんすねぃ……キ、キ……」

「ひひぃんっ……！」

侍武羅《じぶら》が高くいなないた。

「ひひひぃん！　ひひぃんひんひんっ……！」

「なんかイラついてきやがったぞ……」

バクはわなわなと震えている。飛《とび》は苛立《いらだ》つというより不気味さを感じていた。八目三口《はちめみくち》はさっき冒険者一行を誘《おび》き寄《よ》せたわけで、今回も似たような手口ではある。ただ、まったく同じとは言えない。ここから八目三口たちがいる部屋までの間に、十五メートルほどの暗闇が横たわっている。飛はそれがなんだか気になっているのだ。

「まあ、何がおまえを突き動かしているのかなんて、戦《や》ればわかることだ」

冒険者が暗闇の中へと足を踏みだした。魔法使いも黙って従う。バクがそれに続いたので、飛もつられてしまった。灰崎《はいざき》もついてくる。

二歩、三歩と歩いたところで、取り越し苦労かもしれないと飛は思った。とくに変わったことはない。ただクリスマスツリーっぽいイルミネーションが取りつけられていなくて、暗いだけだ。

でも、五歩目と六歩目の間で、飛は首をひねった。

六歩目で、気のせいかな、と思い直しかけたけれど、七歩目でやっぱりおかしい気がした。八歩目で、飛は進むのをやめた。

「ちょっと待って、踏んだ感触が――」

「やれぇイ――……」

八目三口が渋すぎる声で命じる前に、侍武羅は動きだしていたように思う。目目《めめ》ちゃんも侍武羅とほぼ同時に飛びだした。

「ひひひひひぃん……！」

「正拳突きぃ……！」

侍武羅は右脚を高々と上げて、一気に振り下ろした。目目ちゃんはパンチだった。二人とも、床だ。侍武羅は踵《かかと》落としを、目目ちゃんは正拳突きを、床にぶちこんだ。

八目三口がいるクリスマスっぽいイルミネーションに彩られた部屋を少し出たあたりだった。つまり、暗闇地帯だ。侍武羅と目目ちゃんは暗い通路の床に打撃を加えた。何の意味もなくそんなことをするとは思えない。実際、その行為にちゃんとした意図があることは、すぐ明らかになった。

「おっ？」

冒険者が沈んだ。冒険者だけじゃない。魔法使いもだ。

ついでに言うなら、冒険者と魔法使いが沈んだ、と感じた直後には、飛の足場も下降しはじめていた。

「なっ――」

バクがわめいてジャンプした。でも、その場で垂直に飛び跳ねたところで、天井にでも掴《つか》まることができればなんとかなるかもしれないが、どうだろう。天井に掴まるというのもたやすくはなさそうだし、実現性は低そうだ。

「ゲェッ……!?」

「どっ……」

灰崎《はいざき》は驚いて、迷っているみたいだった。オルバーの右脚で驚異的な跳躍力を発揮することはできる。でも、どこに跳べばいいのか。飛《とび》たちを放っておいていいのか。放ってはおけないとしても、どうすれば。灰崎の脳裏を去来している迷いはそんなところか。

飛はべつに、灰崎の心境を冷静に推察していたわけじゃない。

落ちてるよね、これ?

なんで落ちてるの?

侍武羅《じぶら》と目目《めめ》ちゃんが床を蹴ったり殴ったりしたせいだっていうのは、わかるけど。

落ちてる——って……え?

罠《わな》?

なんか、そんな気がしてはいた。

してたのに、落ちてる?

下?

床が？

変だったんだよ、感触が。

ええ……？

落ちたら、まずくない？

そういった数々の思いに、灰崎に関する考察が脈絡もなく交錯した。

つまり、飛は混乱していたのだ。

「ははっ……！」

冒険者が笑っている。

「いいぞ！　いい！　ははは……！」

ついてけないんだけど。

ついていきたくはないけれど、一緒に落下している。

床が抜けたわけじゃない。床と一緒に落ちている。まっすぐじゃない。床は傾いている。

こういうことだ。侍武羅と目目ちゃんが蹴ったり殴ったりしたところから落ちはじめ、床全体が傾斜してゆきながら、冒険者一行をのせたまま、落ちている。落ちてゆく。

「グオオォーアッ……!?」

バクだけはジャンプしたので床から離れている。でも、やっぱり落ちている。

「ひひひひひぃぃぃーん……！」

「キ、キ、キ、キ、キ、キ、キ、キィィー……！」

侍武羅《じぶら》のいななきが、目目《めめ》ちゃんの甲高い高笑いが、聞こえるような、空耳のような。上のほうが明るい。上のほうだけが。あとは暗い。真っ暗だ。穴なのか。まあ穴なのだろう。冒険者一行は暗い穴を落下してゆく。

「底についたら、すぐ跳べ……！　いいな……!?」

冒険者が何か言っている。底についたら？　どういうこと？　跳ぶ？　すぐ？

「――無理でしょ……!?」

「来る……！」

冒険者が叫んだ。

その瞬間、底についた。前のほうだ。傾いている床の前方が穴の底に衝突した。跳ぶも何も、床に押し上げられて、体が宙に投げだされる。それでも飛《とび》は、冒険者に跳べと言われたおかげなのか、自力で跳躍しようとした。

「ぁあっ……!?」

暗いし。何も見えない。飛はとっさに体を丸めた。なぜそうしたのか、飛にもわからない。自分の体は上を向いているのか、下を向いているのか、横向きになっているのか。回転しているような気はする。

「――っ、ぐっ……」

どこかに叩《たた》きつけられた。背中とか、左肩とか、左腕、そのあたりを打ったんじゃないか。飛はごろごろ回って、仰向《あおむ》けになったところで止まった。

「ぉぉおぉ……つぅぅ……っっ……」

痛い。打ったところが。痛いのは間違いないけれど、これはどのくらいの痛みなのか。どんな種類の痛みなのだろう。潰れたり折れたりしているのか。

飛はうつ伏せになってみた。仰向けよりは楽だ。

「バ……バク……？　バク……！」

「……オォ？　飛ッ！　平気かァッ!?」

「へ、平気……」

なのだろうか。自信はない。ただ、強打したらしい左肩、左腕は、痛いことは痛いけれど、動く。動かせる。

「ふふふっ……」

冒険者の声だ。

「くくくっ……はーっはっはっはっ……！」

笑っている。

どうして笑えるのか。

「ひひひぃん……！」

「キ、キ、キ、キ、キィー……！」

ずっと上のほうで笑っている侍武羅《じぶら》と目目《めめ》ちゃんよりも、冒険者のほうに飛《とび》は腹が立ってしょうがなかった。

ほんと、何なの、こいつ。

#3-6_otogiri_tobi/　限界は超えてゆくもの

罠《わな》だった。

まんまと罠に嵌《は》められた。

しかも、よりにもよって、絵に描いたような罠だ。

自分が落とし穴に落ちる日が来るなんて、思いも寄らなかった。

「よし。みんな無事だな？」

冒険者は元気そうだ。なんなら、出会って以来、今が一番、声に躍動感がある。

「無事なワケあるかァッ！」

バクが怒鳴った。

「どんだけ落ちたかわからねえくらい落ちちまったんだぞ！　オレは頑丈だからわりかしピンピンしてるがなァ、飛が……」

「や、僕も、背中と左肩が痛いだけだから、なんとか……」

「本当に大丈夫かい？」

灰崎《はいざき》は飛のすぐそばにいる。暗いが、完全な真っ暗闇というわけじゃないようで、なんとなく見えるのだ。灰崎はオルバーのおかげで無傷だったらしい。

「無理しちゃだめだよ。さっき具合を診させてもらった感じだと、骨折とかはたぶん、してなさそうだけど……」

「まあ、痛いのは我慢すればいいし」

「歩けるんだろ？　それなら平気ってことだ」

冒険者に言われると、むかつく。でも、怒ったところで痛みが消えるわけじゃないし、落とし穴に落ちてしまったこの状況が変わるわけでもない。

「……で、どこなの、ここ？　何か心当たりとか」

「教えたとおり、人外町や人外横町と魍魎《もうりょう》のテリトリーは、明確に分かれてるわけじゃなくて重なり合ってる。でも、人外町の下――俗に地底と呼ばれてる場所は、基本的に魍魎たちの巣窟《そうくつ》だと思っていい」

「地底……」

「魍魎窟《くつ》って呼び方もするな。じっとしてても暇だ。進むぞ」

「進むって、どこに」

「おいおい。ぼくだって何でも知ってるわけじゃないんだ。何でも知ってたらおもしろくないし、知らないから楽しいんだけどな」

「ようするに、ここの土地鑑みたいなのは……」

「ない」

「あっさり言いやがってッ……」

バクは今にも冒険者に食ってかかりそうだ。飛《とび》も体調が万全だったら、バクに加勢するかもしれない。

「……で、出られるの……？　かな……？」

灰崎《はいざき》が心細そうに尋ねた。

「そんなこと」

冒険者は笑った。

「知るか。やってみなきゃわからない。だからいいんだろ。冒険の醍醐味《だいごみ》じゃないか」

「一つだけ言っておくけど」

飛はそこまで言って、息継ぎをしたら、背中が鈍く疼《うず》いた。

「僕らは冒険なんか求めてない」

「そうかな？」

冒険者が歩きだした。ついてゆくしかないのがつらいところだ。

「……どうしても痛むようだったら言うんだよ、弟切《おとぎり》くん」

灰崎が声をかけてくれた。

「うん」

飛はうなずいてみせた先から、痛いとか絶対、言うものかと心に決めた。病院に行けるわけじゃないし、痛み止めの薬さえない。弱音を吐いて同情してもらったところで、痛いものは痛いのだ。

「オレがおんぶしてやろうか？」

バクの気持ちは嬉《うれ》しいが、飛《とび》は首を横に振った。

「……なんか、それはそれで、逆にあれかも。自分で歩いたほうが」

「そうか。まッ、オレも地味に背中とか左腕のあたりがピリピリッとしてっからよ。おまえだけじゃねえってこった」

「それはちょっと慰めになる、かな……」

「だろォ？」

「でも、バクはなんともないほうが、ほんとはいい」

「な、泣かせんじゃねえよ、バカヤロォッ」

「え？　泣いてるの？」

「泣いてねェーわッ。言葉の綾《あや》だっつーの……ッ」

どうやら、冒険者は段平《だんびら》の鞘《さや》であちこちを軽く叩《たた》いて進路を決めているようだ。おそらくここは天然の洞窟みたいな場所なのだろうが、具体的にどこがどうなっているのかまではわからない。でも、冒険者と魔法使いについてゆけば、進むことだけはできる。痛みのほうも、なるべく左腕を振らずに、ぐっとお腹《なか》に力を入れていれば、さほどでもない。力の入れ方にこつがある。下っ腹あたりに息を溜《た》めるようにして、心もち背を丸め、その姿勢を維持するのだ。

暗いことは暗いのに、何一つ見えないほど暗くはない。

なぜだろうと疑問に思いながらも、そのことについて考える余裕が飛にはなかった。

どれくらい歩いただろう。ふと光のようなものが視界の隅を横切った。

「あ……」

左上のほうに目をやると、光のようなものというか、それは光だった。小さな青白い光が浮いている。

「ヒトダマだ」

冒険者が言った。

「ゆ、幽霊……？」

灰崎《はいざき》が声を震わせると、冒険者は鼻で笑った。

「アホなのか？　ヒトダマって呼ばれてる、魍魎《もうりょう》の一種だ。今まで気づいてなかったのか。うようよしてるぞ」

冒険者は足を止めて振り仰いだ。飛も腹に力を入れたまま、見上げてみた。

「……ほんとだ」

少なくとも、このあたりは天井がだいぶ高いみたいだ。しかも、かなり出っぱったり引っこんだりしている。ヒトダマは飛《とび》たちの頭上をふらふら浮遊しているわけじゃなくて、そうした出っぱりや引っこんだところに隠れているようだ。たまにそっと出てくる。

「ちなみに、ヒトダマは生で食べられる」

冒険者は肩をすくめてみせた。

「うまいものじゃないけどな。ほとんど無味無臭で、食感はふちゃっとしてる」

「ふちゃ……」

想像がつくような、つかないような、微妙な表現だ。

「焼いたりすれば……?」

灰崎《はいざき》が訊《き》くと、冒険者はそっけなく即答した。

「溶けてなくなる。食うなら基本的には生しかない。大量に捕まえて食えば、腹の足しにならないこともないな。水っぽいから、水分補給にもなる。ヌルスピの原材料の一つは、養殖ヒトダマだ」

食べてみたいかと訊かれたら、食べたくはない。現時点では。腹が減って喉が渇いたら、そうも言っていられないだろう。

冒険者一行は、それからまたしばらく歩いた。冒険者が休憩をとると宣言するまで、飛はあえてスマホを見なかった。もう三十分経《た》ったとか、一時間経ったとか、知ってしまうと一休みしたくなりそうだ。

　魔法使いは立ったままだけれど、冒険者が地べたに腰を下ろしたので、飛も座った。スマホを出してチェックすると、最後に時刻を確かめたときから二時間くらい経過していた。そのぶんバッテリーも減っている。ＺＩＮトークとかいう同時翻訳のアプリを入れてから、バッテリーが早く消耗するようになった。

　バクは座らないで飛の隣にしゃがんだ。灰崎はそのへんをうろついている。オルバーは肩の上にいるようだ。

「なんか……」

　灰崎が足を止めてあたりを見回した。

「オルバーが神経質になってるんだけど。さっきから。ヒトダマには慣れたみたいだし、ひょっとして他にも何かいる……のかな？」

「耳を澄ましてみろ」

　冒険者はそう言うと、人差し指を一本立ててみせた。

　飛は目をつぶって耳をそばだてた。

　音がする。

　何の音だろう。紙と紙がこすれあうときの音に似ている。かすかな音だ。歩いていたらまず聞きとれない。でも、集中して聞くと、どうやらあっちからも、こっちからも聞こえる。わりと耳障《みみざわ》りで、鳥肌が立ってくるような音だ。

灰崎《はいざき》がごくっと唾をのんだ。その音がやけにはっきりと聞こえた。

「……な、何これ？」

「そうビビるな」

冒険者は右手で左手首を掴《つか》んで左腕を引っぱったり、首をゆっくりと回したりした。

「クロバネヒトムシ。ごくごくありふれた魍魎《もうりょう》だ。臆病なやつらだから、こっちから手を出さなきゃ、襲いかかってくることはない」

「……不吉っていうか、不穏な名前だね。クロバネ……ヒトムシ……」

灰崎は身震いした。

「おれ、そんなに得意じゃないんだけど。つまり、あの……黒くて、家の中とかでも出現したりする、アレね。なんとなく、アレを連想する名前だけど……違うか。ヒトだし。でも、ムシなのか。ヒトムシ……」

「まあ似てなくはない」

冒険者はいやなことを少しだけいやそうに言った。

「全体的に黒くて、羽があって、触覚みたいなものもある。後脚で二足歩行することがあるせいで、ヒト呼ばわりされてるみたいだな。地底人って呼び名もある。ただ、人間ほどでかくはない。大人ほどじゃないって言ったほうがいいか。半分かそこら……まあ、子供程度の大きさだな」

「十分でかくない……？」

　飛はつい、周囲に視線を巡らせて、クロバネヒトムシを探してしまった。幸い、見あたらない。

ただ、カサカサ、というか、シャカシャカ、というか、そんな音はたしかに聞こえる。近くにいるのだ。

例の黒い虫に似ていなくもない、わりと大きすぎるほど大きなものが、確実に。

「でも、平べったいから――」

冒険者が言い終える前に、灰崎が叫んだ。

「それもうアレじゃん！」

「だから、似てなくはないって言っただろ」

「似てなくはないと似てるとは、同じようで同じじゃないからね、言っとくけど……」

「けどな。やつらがそのへんにいるときのほうが、かえって安全なんだ」

「おれもオルバーも、身の危険をひしひしと感じてるよ……」

「クロバネヒトムシは警戒心が強い。やばいやつが来ると身を隠す。やつらの翅音《はおと》がしなくなったら要注意だ。近くに何かいるかもしれない」

冒険者は立ち上がった。

「さて、進むか。どんなやつに出くわすか。楽しみだな――」

+++ + ++++

それから一時間もしないうちに翅音《はおと》が消えた。ずいぶん緊張したが、何かが迫ってくるような気配はなかった。結局、じっとしていたら、また翅音が聞こえだした。危機は接近しかけただけで、行きすぎた、ということなのか。

その約二時間後、また翅音がすっと消え失《き》せ《う》た。翅音を意識するようになると、あの音があるのとないのとでは、まったく違う感じがする。

ややあって、はっ、はっ、はっ、はっ……という、荒い息遣いのような音がどこからから響いてきた。

「ハダカモグラだ」

冒険者が声を押し殺して言った。

「オレらが食ったヤツか?」

バクが訊《き》いた。

「うまかったよなァ。取っ捕まえて食っちまおうぜ」

「焦《あせ》るな」

冒険者は段平《だんびら》の柄を握った。ハダカモグラたちの息遣いが近づいてくる。たち。そうだ。

たぶん、一頭じゃない。何頭もいる。走っているのか。

「はっ――」

灰崎《はいざき》が息をのんだ。

右斜め前方だ。ハダカモグラらしきものが飛びだしてきた。こっちに駆けてくる。はっきりとは見えないけれど、ブタっぽい。大きさは、どうだろう。中型犬くらいか。やっぱり一頭じゃない。続々と、何頭も来る。

「オイッ、捕まえ――」

バクが前に出ようとした。そのときだった。ハダカモグラたちの後ろから、何か別のものが現れた。

「用意……っ！」

冒険者が段平を抜いた。ハダカモグラたちは次々と冒険者一行の間を突っ切ってゆく。彼らは追われていたのだ。何から逃げていたのか。わからない。大きなかたまりだ。トゲトゲしている。ウニみたいな。丸くはないようだ。蛇みたいに長いわけでもない。ひょうたんのような形をしている。這《は》い進んでいるのか。それとも、手足があるのだろうか。

「きっと刺さるぞ……！　気をつけろ……！」

気をつけろと言いながらも、まっすぐトゲトゲ魍魎《もうりよう》に突進してゆく冒険者は、どう考えてもまともじゃない。だって、山崩れか何かで巨岩が転がってきたとして、それに立ち向かう者がいるだろうか。普通、よけようとする。とっくにわかっていたことだけれど、冒険者は普通じゃないのだ。

「せあぁっ……！」

段平《だんびら》で、トゲトゲ魍魎《もうりょう》を斬ろうとしたのか。とにもかくにも、力任せに段平を叩《たた》きつけただけなのか。

無茶《むちゃ》だ。

飛《とび》はそう思わずにいられなかった。それでいて、あの冒険者なら、とも思ってしまう。ひょっとしたら、なんとかしてしまうんじゃないか。

「――ぬっ……!?」

だめだった。

自慢の段平もトゲトゲ魍魎には歯が立たなかったのか。少なくとも、ぶった斬ることはできなかった。冒険者は車にでも撥《は》ねられたように、右方向に吹っ飛ばされた。

でも、その拍子にトゲトゲ魍魎の勢いがいくらか削《そ》がれ、進行方向も左のほうにややずれた。

「火ヨ……玉ヨ……出ロ……！」

魔法使いは、冒険者の斬撃が通用しないことを予期していたのだろうか。そう考えないと、あまりにもタイミングがよすぎる。

「ファイヤーボール……！」

　ちっちゃな火球がトゲトゲ魍魎めがけて飛んでゆく。トゲトゲ魍魎は魔法使いの間近に迫っていたから、あっという間に着弾した。ボンッ――と弾《はじ》けるような音がすると、トゲトゲ魍魎は、止まりこそしなかった。ただ、速度はさらに落ちたし、進路が一段と左にそれた。

　もともとトゲトゲ魍魎は、冒険者一行を丸ごと轢《ひ》き殺《ころ》すか撥ね飛ばすかしそうな、いわば直撃コースを驀進《ばくしん》していた。けれども、冒険者と魔法使いのおかげで、左に外れた。

「――――ッ……！」

　バクが飛を背後に庇《かば》おうとしたが、結果的には必要なかった。トゲトゲ魍魎が向かう先に、飛たちはいない。壁だ。トゲトゲ魍魎は壁に体当たりする恰好《かっこう》になった。

「ふははっ！　計算どおりだ……！」

　一度はトゲトゲ魍魎に弾き飛ばされた冒険者だが、もう体勢を立て直している。それどころか、冒険者はトゲトゲ魍魎に躍りかかった。でも、冒険者の段平はトゲトゲ魍魎に通じないんじゃないのか。

「必殺……！」

　斬ることはできなかった。だったら、刺せばいい。そういうことなのか。

「水平一気通貫《デスホライズン》ッッッ……！」

冒険者は段平《だんびら》の柄を両手でしっかりと握り、猛然とトゲトゲ魍魎《もうりょう》にぶつかっていった。ただがむしゃらに突撃し、渾身《こんしん》の力を込めて段平を突きだしただけのようでもある。とはいえ、段平に全体重をかけるかのような大胆な身の投げだし方はすごかった。それに、見間違いかもしれないが、段平がギランギランと異様な輝きを発していた。飛《とび》の気のせいだと思うのだが、ただでさえ厚みがあって身幅も広めの段平が、一回りくらい大きく見えた。それもあって、もしかするといけるんじゃないか、と思わされた。ワンチャンあるかも。いけ。いっちゃえ、と願ってしまった。

果たして、段平はトゲトゲ魍魎にずずずずっと突き刺さった。

「嗚嗚嗚嗚嗚嗚嗚嗚嗚嗚嗚嗚嗚嗚嗚嗚嗚嗚嗚嗚嗚嗚嗚嗚嗚嗚嗚嗚嗚嗚嗚嗚……！」

これは、トゲトゲ魍魎の声なのか。ちょっと聞いたことがない、鼓膜が削られているんじゃないかと感じるようなひどい音だ。

「いい声だ……！」

冒険者はあるところまで段平を刺し込むと、柄から右手を放した。いったい何をするのか。その右手で何か掴《つか》んだ。トゲトゲ魍魎のトゲだろうか。

「ぬぇあああっ……！」

冒険者が引っぱったら、じゅぽっとトゲが抜けた。

「まだまだだぁ……！」

抜いたトゲを放り投げると、冒険者はすぐさま二本目のトゲを引き抜いた。三本、四本と、次々に抜いては捨て、抜いては捨てる。

「嗚嗚嗚嗚嗚嗚！　嗚嗚嗚嗚嗚嗚！　嗚嗚嗚嗚嗚嗚!?　嗚嗚嗚嗚嗚嗚……！」

トゲトゲ魍魎は間違いなく苦しんでいる。トゲトゲ魍魎が身悶《みもだ》えるたびに、冒険者が段平をぐりぐりと動かす。そうしてどんどんトゲを引っこ抜いてゆく。

「や、やめてあげて……!?」

灰崎《はいざき》が叫んだ。

「やめない！」

冒険者は間髪《かんはつ》を容《い》れず怒鳴り返した。

「こいつらを舐《な》めるな……！　食わなきゃこっちが食われるぞ……！」

飛は一瞬、やらなきゃやられる、というふうに冒険者の言葉を解釈した。でも、冒険者は、食わなきゃこっちが食われる、と言ったのだ。

「……え。食べるの……？」

そのとおりだった。

冒険者に三十本かそこらのトゲをぶっこ抜かれて、トゲトゲ魍魎はようやく、というか、ついに、というか、ぴくりともしなくなった。

「おい、見てみろ！　ウニみたいだ……！」

冒険者に言われて近づいてみると、トゲトゲ魍魎《もうりょう》の中にはたしかにウニみたいなぷちぷちしたものがぎっしりと詰まっていた。もっとも、飛《とび》の記憶によると、ウニはオレンジ色とか赤みを帯びた黄色だったと思うのだが、トゲトゲ魍魎は違う。黄色系ではあるものの、もっと鮮やかな色をしている。レモンイエローだ。しかも、蛍光色っぽい。

「うまそうじゃないか。なあ!?」

冒険者は、今にもその蛍光レモンイエローのウニ的なものを手づかみして口に入れそうで、心底恐ろしい。

「……うまそうっていうか」

灰崎《はいざき》は完全に怯《おび》えているし、オルバーも主《あるじ》の首に巻きついてぷるぷる震えている。

「どっちかって言うと、やばそうなんだけど。いや、どっちかも何も、見るからにだいぶやばそうな……」

「ど、毒とかあるんじゃねえのか……」

バクも食欲を感じていないようだ。それで飛は少し安堵《あんど》してもいた。もしバクがあれを見て腹を空《す》かせるようだったら、けっこうショックを受けていただろう。

「あの――」

飛は念のために訊《き》いた。

「それ、食べたことは？　ない……のに、食べようとしてるわけじゃない……よね？」

「は？」

冒険者は馬鹿にするように笑った。

「食ったことなんか、あるわけないだろ。こんな魍魎、知らないし。初めて出くわしたんだ。だから食ってみるんじゃないか。あっ――」

魔法使いがすっと右手を伸ばして、ウニ、いや、若干ウニっぽくはあるけれど、断じてウニじゃない、蛍光レモンイエローのものを鷲掴《わしづか》みにした。

左手でローブの襟を下ろし、例の微妙におっかない感じの口をあらわにする。

蛍光レモンイエローの物体は、おおよそ魔法使いの掌大《てのひらだい》といったところだろうか。ぬらっとしているが、しっかりしているようで、形は崩れない。重量もありそうだ。

魔法使いは、それを食べた。

口に入れてしまった。

咀嚼《そしゃく》している。

「おおっ……」

冒険者はあからさまに興奮している。

「どうだ？　魔法使い？　どうなんだ……？」

魔法使いはとうとうのみくだした。少し口を開けて、息をつく。

それから、こくっとうなずいてみせた。

「うまいか！　そうか……！」

冒険者は喜び勇んで魔法使いに続いた。両手だ。左右の手で蛍光レモンイエローの物体をすくい取って、一息に頰張《ほおば》った。

「んんん……！　んん！　んんんん……！」

目を剝《む》いて、何か言おうとしているけれど、食べながらなので言葉になっていない。

魔法使いが灰崎《はいざき》の背中をどんっと叩《たた》いた。

「……へっ？　何……？　ひょっとして、おれも食べろって……？」

灰崎が訊《き》くと、魔法使いは黙ってうなずいた。ローブの襟で口を隠していない。口角が上がっている。笑みを浮かべているのだろうか。

だいぶ怖い。

それで逆らえなくて、というわけじゃないのかもしれないけれど、灰崎はトゲトゲ魍魎《もうりょう》に向かって足を進めようとした。

「――くっ！　やぁ、でも、いきなり生はなぁ……」

灰崎がためらうのも無理はない。

「ははは」

冒険者がりんごか何かみたいに蛍光レモンイエローの物体を掌《てのひら》にのせて、がぶっと齧《かじ》ってみせた。嚙《か》んだところからぐしゅっと溢《あふ》れる液体も、蛍光レモンイエローだ。

「おまえらまさか、一日や二日でここから出られるなんて思ってないよな。魍魎窟《くつ》は人外町と地続きだからいつかは戻れるだろうが、どれだけかかるか僕にもわからない。悪いことは言わないから、食えるときには食えるだけ食って、力をつけておけ。さもないと、どうなっても知らないぞ？」

＋＋＋　＋　＋＋＋＋

――スマホのバッテリーはとっくに切れた。飛《とび》のスマホだけじゃない。冒険者のスマホも電源が入らなくなった。

時間の感覚はない。

魍魎窟に落ちてから、何日経《た》ったのか。冒険者が言っていたように、一日や二日ではきかない。それだけは間違いない。

たまにヒトダマを捕まえる。口をつけて、中身を吸うのだ。喉が渇いていれば、水とそんなに変わらない。でも、ヒトダマによって味が違う。このヒトダマはほんの少し甘いとか、苦味があっておいしくないとか。

餓《う》えたことは一度もない。何の抵抗もなく食べられる魍魎は多くないけれど、食べられない魍魎というのは基本的にいないのだ。食べてしまえば、食べられないことはない。中には、とてもおいしい魍魎《もうりょう》もいる。野生のハダカモグラにはめったにお目にかかれないが、人外町でよく食べられているわけだ。あれは本当にうまい。

不思議なことがある。

魍魎窟《くつ》生活がしばらく続いてから気づいたのだが、あまり眠くならない。疲れ果てて、もう動きたくない、ということもない。

冒険者の指示で休憩はする。少し眠っておけ、と言われたら、バクと一緒に横になる。たいていすぐ寝落ちしてしまい、ぱっと目が覚める。どれくらい眠ったのか。飛《とび》にはわからない。バクや灰崎《はいざき》に言わせると、そんなに長い時間、睡眠をとっているわけじゃないようだ。でも、かなりすっきりする。

背中や左腕の痛みは、いつの間にかすっかり消《き》え失《う》せた。

慣れたせいか、ヒトダマの明かりしかない魍魎窟でも、暗いとはとくに感じない。実際、近くならわりと見える。

クロバネヒトムシの翅音《はおと》を頼りに、別の魍魎の気配を察知するのも、最近ではお手の物だ。ときには冒険者より先に、飛が獲物の存在に気づくことがある。ヒトダマとクロバネヒトムシ以外の魍魎は、まず獲物と見なすようになった。実物を確認してから、捕まえて食べるか、見逃すか決める。

食べられなくはないけれど、食べないほうがいい魍魎もいる。食べたあと、胸がむかむかしたり、腹が痛くなったりする。あとは、とにかく硬くて、食べるのが大変だとか。どうしようもなくまずいとか。

　植物めいた魍魎も少なくない。そういう魍魎は、魍魎窟内の岩壁に生えていたり、地面に埋まっていたりする。動けないわけじゃないようだが、ほとんど動かない。見つけるのは難しいけれど、その手の魍魎はだいたい味がいい。野菜みたいに瑞々《みずみず》しかったり、果物みたいに甘かったり、甘酸《あまず》っぱかったりする。正直、ご馳走《ちそう》だ。人外町でさかんに養殖されているというけれど、納得感しかない。

　不思議なのだ。

　冒険者一行はかなり食べていると思う。冒険者、魔法使い、飛、バク、灰崎、オルバー、みんなだ。地上でこんなに食べていたら、絶対、太る。それなのに、体が重くなるどころか、逆に軽く感じる。

　こんなに食べていていいのか。食べられるだけ食べる。それでいいのだろうか。

　獲物を狩るか、狩らないか、つまり、食べるか、食べないかは、こちらが襲われるなどの差し迫った状況でない限り、冒険者が決めた。

　徐々にわかってきたのだけれど、冒険者は何でもかんでも狩るわけじゃない。食べたことがない魍魎は、たいてい食べてみる。食べるときは、おいしくいただく。というか、おいしい、と感じながら食べられるときに、狩るようにしているようだ。

食べはじめたら、なるべくきれいに食べてしまう。食べ残すのはよくないことだと、冒険者は考えているみたいだ。もっと言えば、食べる者として、残さずに食べきるのが、食べられる者への礼儀だと思っているのだろう。

「――ところで」

魍魎窟《もうりょうくつ》内で、飛《とび》は何回睡眠をとっただろう。七回か、八回。九回か。目が覚めて身を起こすと、近くに冒険者が立っていたから、訊《き》いてみた。

「なんか、同じ場所をぐるぐる回ってるような感じが。僕の気のせいかな。たぶんだけど、ここで寝たのも、三回目じゃ……」

「気のせいじゃないぞ」

「え」

「ちなみに、ここで眠ったのは三回目じゃない」

「え？」

「四回目だ」

「……え……」

思わず三回も、え、を繰り返してしまった。

「それって、どういう……わざと――ってこと……？」

「ああ」

「ハァッ⁉」

隣で寝転がっていたバクが、跳び起きて冒険者に詰め寄った。

「さてはテメエ、道に迷ったのに言いだせなくて黙ってやがったな⁉」

「そんなわけあるか。もし迷ったら迷ったって堂々と宣言する」

「ンなの、堂々と宣言するようなことかよッ」

「過ちを認めるよりも、過ちを認められないことのほうがよっぽど恥ずかしいだろ。僕も間違いを犯す。冒険に失敗はつきものだしな」

「いちいちカッコつけんじゃねえ！」

「恰好《かっこう》いいか？　べつに恰好つけてるつもりはないんだが。ぼくがぼくでいるだけで、恰好いいってことか」

「……ううん……何……？」

灰崎《はいざき》が起きて、あくびをした。

「ふぇえ……？　どうして揉《も》めてるの？　何かあった……？」

「ここで眠ったのが、四回目だって――」

飛は説明しかけて口をつぐんだ。

クロバネヒトムシの翅音《はおと》が聞こえない。

いつからだろう。目覚めたときはどうだったか。

わからない。冒険者がそばにいたせいもあって、とりたてて気にしなかったのかもしれない。何か異変があれば、冒険者が教えてくれるはずだし。

「……これ――」

翅音《はおと》は聞こえないのだが、別の音がする。カサカサ、シャカシャカという擦過音とは明らかに違っていて、もっと低く、重い。

これは音なのだろうか。

冒険者曰《いわ》く、四回も眠ったというこの場所は、おおよそ半球形で、二箇所から出入りできる。天井はかなり高いみたいで、ヒトダマが多い。

魔法使いが少し離れたところに立って、ヒトダマを見上げている。

おかしい。

「……オォ？」

バクが振り仰いだ。

ヒトダマたちがざわついている。といっても、音を発しているわけじゃない。ふだんはわりとゆったりと浮遊しているヒトダマたちが、せかせかと動き回っている。目に見えてヒトダマが減ってきた。出っぱりの陰や引っこんだところに隠れている。それか、ここから逃げだしているのか。

「なんっ、なっ――」

灰崎《はいざき》は首に巻きついているオルバーを左手でさわりながら、右手で地べたを探った。

「え、これ、何？　ちょっ――震えて……？」

そうか。

飛《とび》は片膝をつく姿勢になり、地面に手をついた。

音というよりも、これは振動だ。

「くっ、くっ、くっ……」

冒険者が笑いはじめた。

「ようやく餌に食いついたみたいだな」

「……餌？」

灰崎が小声で尋ねると、冒険者は一行を見回した。

「魍魎窟《もうりょうくつ》をさんざんうろつき回った、ぼくたちの匂いだ」

「アァ？」

バクがあんぐりと口を開けた。

ようするに、冒険者が言わんとしているのは、こういうことなのか。

「僕らが……餌？」

「ふっ……」

冒険者はいやに愉快そうだ。

「ぷくっ……あーっはっはっはっはっ……！」

「イヤッ、笑ってる場合かよ、テメエ!?　いったい何がオレらに食いついたんだ!?」

「冒険といえば、ダンジョン攻略。じゃあ、ダンジョン攻略の最終盤、最後の最後に待ち構えてるものといったら？」

「ダンジョン……」

飛《とび》は首を傾《かし》げた。何かゲーム的なものに関する話だろうか。あいにく飛にはよくわからない。

「まあ——」

灰崎《はいざき》は飛よりも、そのあたりの分野に詳しいみたいだ。

「そうだね、ダンジョンをクリアするには……ボスを倒したり？　メジャーなとこだと、ドラゴンとか」

「正解だ」

冒険者は段平《だんびら》を抜いて身構えた。獲物や敵が目の前にいるわけでもないのに冒険者が戦闘態勢をとるなんて、めずらしい。

「おまえたちはこんな伝説を知ってるか。際限なく広く深いこのダンジョンの、すべてを知り尽くす者がいる——」

「ダンジョンなの……？」

灰崎のツッコミは無視された。冒険者はかまわず続けた。

「信じられないなら、信じなくていい。だがな。伝説は本当にあるんだ。ハグレたちが語り継ぐ、言い伝えが。かつて、主《あるじ》を持たない人外――ハグレでありながら、あえて魍魎《もうりょう》とともに生きる道を選んだ者がいる。その名を、孤月《こげつ》。もしくは、孤月丸《こげつまる》」

「その孤月とかって人――じゃないか、ハグレを、ずっと探してた……？」

飛はすでに首を傾げていた。さらにひねった。

伝説の孤月だか孤月丸だかは、魍魎窟《くつ》を熟知している。孤月丸に出会うことができれば、魍魎窟から出られるかもしれない。

そのために、冒険者はわざと同じ場所をぐるぐる回っていた。

自分たちの匂いをつけて、餌にするために。

「そうだ」

冒険者はまた笑った。

「――とも言えるし、そうじゃないとも言える」

「どっちなんだよッ⁉」

バクが怒鳴った。本当に、どっちなんだよ。飛も声を限りに叫びたい。でも、それどころじゃなさそうだ。

「何か、来る……ね。来てる……オルバー」

灰崎《はいざき》にうながされて、オルバーが首から跳び離れた。オルバーは見る間に灰崎の脚と一体化した。右脚だけじゃない。灰崎の左脚もオルバーだ。

オルバーも魍魎窟《もうりょうくつ》でだいぶ魍魎を食べている。とくに大きくなったようには見えないけれど、食べることによって変わったのだ。

「バク」

飛《とび》が呼びかけると、相棒は即座に答えた。

「オウッ。任せろ」

冒険者は段平《だんびら》を抜きはしたものの、だらりと下ろしたままだ。体の向きは変えない。ゆっくりと首を左右に振っている。魔法使いも同じだ。

振動はさっきより大きくなっている。振動の発生源は近づいてきつつあるのだ。でも、どっちから接近してくるのか。まだよくわからない。

というか、飛には、四方八方から振動が迫ってくるように感じられてしょうがない。

ダンジョンのボス。

ドラゴン。

伝説のハグレ。

孤月丸《こげつまる》。

恐ろしくはない。

大袈裟《おおげさ》に言うなら、来るなら来い、という心境だった。

灰崎とオルバーのように、飛とバクも変わっているはずだ。具体的にどこがどんなふうに、とは説明できないが、飛は変化を実感している。体は大きくなっていないのに、自分自身が大きくなったような。目はよく見えるようになり、耳はよく聞こえるようになった。鼻も利くようになった。たぶん前より速く走れる。高く跳べる。たくさん食べられる。飛とバクは強くなった。バクと一緒なら、どんな敵と相対《あいたい》しても、恐れるに足りない。

一瞬、振動が途絶えた。

無音になった。

その直後、向かって右の壁が轟音《ごうおん》を立てて砕け散り、琥珀色《こはくいろ》に輝く巨大なものが姿を現した。岩塊だの石だのが乱れ飛び、粉塵《ふんじん》も舞っていて、それが何なのかは判然としなかった。とにかく大きい。孤月丸なのか。あれが？　ハグレ？　人外なのか？

「いたぞ、ドラゴン……！」

冒険者の叫び声が響き渡った。

「ミカドムカデだ……！」

だから、どっちなんだよ。

琥珀色のドラゴンだかミカドムカデだか何だかが暴威を振るう。ドラゴンだかミカドムカデだかが大暴れしていて、ひたすらやばい、ということしか飛にはわからない。飛は逃げ惑った。バクは一緒に逃げ回りながら、飛《とび》を庇《かば》おうとしている。ドラゴンだかミカドムカデだかにぶつかったら、おそらく掠《かす》っただけでも、それはもう問答無用というか、完全にひとたまりもない。やつが暴れることによって、その巨体が天井だの地面だの壁だのをぶっ壊し、大小様々な岩、石くれが撒《ま》き散《ち》らされる。それらもできるだけよけないといけない。とはいえ、何から何までぜんぶ躱《かわ》しきれるものじゃないから、いくらかは当たる。痛いことは痛いけれど、痛いとか怖いとか言っていられない。

「――ヌオオオォォォ……!?」

バクがそばにいて、盾になってくれているし。飛が致命傷を受けていないのは、きっとバクのおかげだ。

「あぁっ……」

でも、あれはさすがに、ちょっと。

すごく大きい、二メートルくらいはありそうな岩が降ってくる。ドラゴンだかミカドムカデだかが、天井に身を打ちつけて、その衝撃で剥《は》がれ落ちたようだ。

「飛ィッ……!」

バクは飛を突き放そうとしている。自分が下敷きになったとしても、飛だけは逃がすつもりだ。

だめだ、そんなの。でも、だったら、どうすればいいのか。代案は？　ないんだけど。

「――すぁっ……！」

灰崎《はいざき》。灰崎だ。すっ飛んできた。灰崎が。両脚はオルバーだ。下半身がほとんどオルバー化している。

「ねっ……」

飛はつい妙な声を発してしまった。ね。ね？　ねって何だろう。それくらい驚いたということだ。

灰崎が空中で岩を蹴りつけた。片足じゃなくて、ドロップキックみたいにオルバーの両足で岩を蹴っ飛ばしたのだ。蹴っ飛ばす、というと大袈裟《おおげさ》かもしれないけれど、落下してくる岩の軌道が、それでだいぶ変わったのは間違いない。

岩は飛とバクから離れたところに落ちた。

「たっ――……」

助かった。みたいだ。

灰崎は着地すると、すぐにまた跳び上がって、飛んできた小さめの岩を二、三個、蹴り払った。

「やりやがる……ッ！」

バクが、ギハッ、と短く笑った。なんだかもやっとする。ひょっとすると、飛は悔しいのかもしれない。何だよ。逃げてばっかりじゃないか。自分が情けない。

「バク！」

「オォーヨッ！」

飛《とび》とバクは逃げるのをやめた。よく見れば、そんなに大量の岩や石が飛び交っているわけじゃないし、ひょいひょい身を躱《かわ》すくらいで、十分回避できる。変に動き回っていたのがよくなかったのだ。まずは落ちつかないと。

「――うぁっしょああっ……！」

冒険者は琥珀色《こはくいろ》のドラゴンだかミカドムカデだかと渡りあっている。ところであれは、やっぱりドラゴンなんかじゃない。二本の触角を生やした頭があって、いくつもの、数えきれない体節が連なっている胴体は長大だ。脚がいっぱいある。たしか、ムカデは一つの体節に一対の脚しかなくて、ヤスデは二対の脚がついているはずだ。やつはどうなのか。どうも体節ごとに一対らしい。ということは、ムカデなのだろう。名前のとおりだ。

「てぇあ……！」

冒険者は襲いくるミカドムカデの巨体をかいくぐると、段平《だんびら》を奔《はし》らせて、脚を一本、斬り飛ばした。転がって跳躍し、ぐるぐるっと回転して、また別の脚を斬り落とす。

「アイツ、互角以上なんじゃねえか……ッ!?」

バクと同じ感想を飛も抱いていた。

「や、でも――」

おかしい。

ミカドムカデは素早い冒険者を捉《とら》えられない。冒険者はさらにミカドムカデの脚を一本、切断した。あの調子で冒険者がミカドムカデを攻撃しているとしたら、変だ。ミカドムカデの脚はそこまで減っているように見えない。

そんなことを考えだした矢先に、飛は決定的な場面を目撃した。さっき冒険者が斬って、根元から三分の一くらいしか残っていなかったミカドムカデの脚が、ぎゅいっと瞬時に伸びたのだ。

「——生えた……!?　脚が……！」

「ンだとォ……!?」

ミカドムカデが頭をもたげた。二本の触角の下に、牙のようなものが密生している。あれは顎なのか。ミカドムカデは冒険者に噛《か》みつこうとしたのかもしれない。でも、冒険者は横っ跳びして逃れ、そのまま高速で何回転もして距離をとった。

「埒《らち》が明かないか……！　こうなったらオメガバーンだ、魔法使い……！」

「おめが……？」

なんだかよくわからないけれど、ものすごそうではある。見れば、魔法使いは飛とバクの後ろにいた。

「全テノ終ワリ……」

何かするつもりなのか。魔法使いは左右の手を胸の前でゆったりと回している。

火球だ。魔法使いの頭上に、小さな火球が現れた。

「最終……終末……」

一つじゃない。二つ目の火球が一つ目の近くに出現した。

「終極ノ……刻《とき》……」

間を置かずに、三つ目も。

「来タレ……」

それでさすがに打ち止めかと思ったら、四つ目が出た。

「来タレ……」

まだなのか。

五つ目だ。

火球は半円状に並んでいる。

「来タレ……」

これで、六つ。

もしかして、もっとか。

「――おい、おまえらは時間稼ぎだ……！」

冒険者に一喝されなかったら、まだ見入っていたかもしれない。

「っ……！」

飛《とび》は慌ててミカドムカデめがけて突進した。時間を稼ぐ。どうやって？　そう思わないでもなかったが、ミカドムカデはもう目前に迫っている。というか、飛のほうからミカドムカデに迫っているのだ。ミカドムカデも飛のほうに向き直って、威嚇するみたいに頭を上げている。

でかい。

――けど、思ったほどでもない……ような？

頭部はおそらく、車高が低い軽自動車くらいのサイズだろう。一つ一つの体節も、頭部とだいたい同程度だ。脚は人間の子供一人分ほどで、それがたくさんある。

大きいことは大きい。こんなムカデ、三億年前の古生代でもいなかったはずだ。正真正銘の怪物だが、なんとなくこの三倍はあるような気がしていた。

「これなら……！」

「アア、行けるぜッ……！」

バクが飛の前に躍りでた。

ミカドムカデが頭を振り下ろす。バクはよけずに受け止める気だ。無謀だとは思わなかった。やれ、バク。やってやれ。バクならやれる。

「――ツゥゥウウウアッ……！」

バクはミカドムカデの頭部に押し潰されはしなかった。牙が密生している恐ろしい顎の下あたりを両手でがっちり押さえて、ほとんどしゃがむような姿勢だが、なんとか持ちこたえている。

「っ……！」

飛《とび》は頭部に一番近い体節から生えている脚に掴《つか》みかかった。抱えこんで、片足を体節に押っつけ、綱引きみたいに引っぱる。

「んんん！　くあぁ――――っ……！」

引っこ抜いてやれそうだと思ったのだけれど、抜けない。無理なのか。でも、もう少しで抜けそうな感じもする。

「いったん離れて……！」

灰崎《はいざき》の声が聞こえて、飛はとっさにミカドムカデの脚を放して後ろに転がった。バクも身をよじって、ミカドムカデの頭部の下から抜けだした。

「オォォオオルバアアァァァァ――――ッ！」

灰崎がオルバーの名を叫びながらかっ飛んできた。ミカドムカデの触角と触角の間くらいのところに、両足キックを浴びせただけじゃない。

「たあぁぁりゃあぁぁっ……！」

灰崎はその場で腿《もも》上げをするみたいにして、左右のオルバー足をミカドムカデの頭頂部に叩《たた》きつけた。まるで激しいダンスのステップを踏んでいるかのような、めちゃくちゃな連打だ。

「効いてる……!?」

さわってみてわかったのだが、ミカドムカデの琥珀色《こはくいろ》の外皮は、かちかちに硬いわけじゃない。分厚いゴミみたいな感触だ。冒険者は段平《だんびら》で脚を斬っていたけれど、頭部や体節には刃《やいば》が通らないかもしれない。

灰崎の連続ステップも、ミカドムカデの頭部を傷つけてはいないようだ。けれども、ミカドムカデは灰崎を撥《は》ねのけようとして身をくねらせるわけでもなく、何かこう、体中をぷるぷるさせている。あるいは、連続ステップの衝撃が頭部の中に伝わって、何らかのダメージを与えているんじゃないのか。

「んんんうううあぁあぁあぁあぁあぁあぁあぁあぁあぁもぉげんかぁぁいっっ……!」

灰崎は、でも、苦しそうだ。

「もういいぞ、よくやった……!」

冒険者が合図を送らなくても、灰崎はきっと連続ステップを切り上げざるをえなかっただろう。

灰崎、そしてオルバーは、最後の力を振りしぼって高く跳んだ。その瞬間だった。

「オメガバーン……!」

ついに魔法使いが例の火球を撃ちだした。何個あるのか。八個。八つだ。ミカドムカデに向かって、八つの火球が交錯しながら突き進む。一つ一つの火球は小さい。三センチくらいしかないのだ。ただ、火球同士が静電気みたいなもので繋《つな》がっている。だから何だと訊《き》かれても、飛《とび》には答えられない。でも、何かとてつもないことが起こりそうな予感があった。起きてくれないと困る。

静電気的なもので繋がった八つの火球、究極魔法オメガバーンが、ミカドムカデの頭部を直撃した。正確には、顎だ。密生している牙の真ん中、たぶん口腔《こうこう》に入りこみ、そこで炸裂《さくれつ》した。

期待したような爆音とか衝撃波のようなものはなかった。それでも、途端にミカドムカデがのたうちだした。

どう見ても痛がっている。身悶《みもだ》えているのだ。

「とどめだ――」

冒険者がゆったりと進みでた。まだ段平《だんびら》をぶら下げるように持っているだけで、構えてはいない。

全身を沈みこませる。

段平を両手持ちし、担ぎ上げるようにして、その峰を右肩にあてがった。

跳び上がり、段平を一閃《いっせん》させる。

冒険者はミカドムカデの頭部を両断するつもりだ。できるのか。それはわからない。できるかできないか、じゃない。冒険者はやるのだ。

飛が思うに、冒険者は――あの冒険者なら、やってのけたんじゃないか。

邪魔が入りさえしなければ。

そいつはどこから姿を現したのか。移動してきたのは間違いないけれど、はっきりと見てとることはできなかった。何にせよ、ここぞというときに冒険者とミカドムカデの間に割って入り、段平を受け止めた。

頭だ。その下に胴体がちゃんとあるので、たぶん頭なのだと思う。でも、真ん丸だ。バスケットボールくらいか、もうちょっと大きいだろうか。冒険者の段平を防いだのは、そいつの満月みたいな球形の頭だった。

鉄骨で鉄骨をぶっ叩《たた》いたような音が鳴って、まるで花火のような火花が散った。

「っ――」

段平を弾《はじ》き返され、冒険者は一歩、二歩下がった。そのときにはもう、段平を肩に担ぐようにして構え直している。

「……ははっ。ようやくお出ましか。おまえが孤月丸《こげつまる》だな……!?」

満月頭は飛たちを見回した。おそらくは。何しろ、頭が満月だ。目も口も確認できない。でも、視線のようなものを飛は感じた。

満月頭は、黒と紫の、聖徳太子《しょうとくたいし》の肖像画に描かれているような服を着ている。頭こそ大きめだが、体格は小さい。顔が人間のそれだったら、子供にしか見えないだろう。

「わたしは、ずっといた」

しゃべった。どうやって？　口がないのに。聞こえた声もなんだか不思議だった。はっきりと聞いたのに、どういう声だと表現できない。そもそも、これは音なのか。

「わたしはミカドムカデのせなかにしがみついていたのだ」

「そうか」

冒険者はニヤリと笑って段平《だんびら》を鞘《さや》に収めた。

「魍魎窟《もうりょうくつ》のヌシ、ミカドムカデ。出くわしたハグレは必ず食われてしまう。そして、魍魎とともに生きることを選んだ孤月丸《こげつまる》も、魍魎窟のヌシだと言われてる。孤月丸に出会ったハグレは、生きて帰れない……」

「必ず食われるか、生きて帰れない――」

飛《と》びはむずむずした。だとしたら、誰がその話を伝えたのだろう。

「あくまでも伝説だからな」

冒険者は肩をすくめた。

「こんな言い伝えもある。魍魎窟で生きることにした孤月丸は、魍魎たちにさえ恐れられるミカドムカデの、ただひとりの友になった」

「さがれ、ミカド」

孤月丸が振り向いて声ならぬ声をかけると、ミカドムカデがあとずさりしはじめた。

「このとおりミカドはわたしのともだちだ。らんぼうはしないでくれ」

「安心しろ。最初から殺すつもりはなかった」

冒険者は飛たちに顔を向けて、「な？」と同意を求めた。

「あぁー……」

灰崎《はいざき》は渋々といったふうにうなずいた。

「うん……」

「つーかよォ……」

バクは何か言いたそうだ。飛としても、それならそうと最初から説明しておいて欲しかった。ただ、冒険者だし、とも思う。ごく普通のまっとうな対応を冒険者に求めても、きっと無駄だ。だったらおまえは好きにしろ、ぼくはぼくで好きにやる。平然とそう言い放つ冒険者が目に浮かぶ。

「そうだね」

飛は淡々と言った。

「僕らは最初からミカドムカデを殺すつもりなんてなかった」

冒険者は、わかってるじゃないか、とでも言わんばかりに会心の笑みを浮かべた。

たしかに、わかってはいる。というか、わかってきた。冒険者がこういうやつだということは。いや、どうだろう。

「孤月丸《こげつまる》」

冒険者はすたすたと孤月丸に歩み寄った。これには意表を衝《つ》かれた。やはり飛《とび》はまだ冒険者を理解できていないようだ。

冒険者は孤月丸の肩に手を置いた。何かやけに馴《な》れ馴《な》れしい。明らかに初対面なのに。孤月丸も戸惑っている。何も言っていないけれど、感情の揺れみたいなものが伝わってきた。冒険者はもちろん、おかまいなしだ。

「誘《おび》き出すみたいな真似《まね》をして悪かったな。おまえに会いたかったんだ」

「……わたしに……あいたかった？」

「ああ。頼みがある。ぼくたちを三毛骸人外町《みけむくろじんがいちょう》に連れてってくれ。あと、せっかくだし、ミカドムカデに乗りたい。いいだろ？」

#3-7_otogiri_tobi/　クエストの果て

乗り心地は、いいとは言えない。それどころか、最悪に近い。

だいたいこれは、乗っている、と言えるのだろうか。ミカドムカデの体節にはほとんど凹凸がない。でも、体節と体節の合間には手や足を引っかけることができる。その合間を駆使して必死にしがみついていないと、簡単に振り落とされてしまう。

ミカドムカデは体節に一対ずつ生えている脚を左右交互に動かして前進する。上下動はそこまでじゃないものの、とはいえ揺れる。気持ち悪くなるような、独特の揺れだ。それに、ミカドムカデの通り道はたいてい彼が通り抜けられる程度の広さだが、たまに狭い箇所があると体当たりする。強引に広げるのだ。その際の衝撃がすごい。

「こりゃいい！　最高だ……！」

はしゃいでいるのは冒険者だけだ。おそらく魔法使いも含めて、飛たちはひたすら耐えに耐えている。苦行以外の何ものでもない。

早く。

とにかく早く終わって欲しい。

三毛骸人外町が恋しいとかじゃなくて、一刻も早くこの苦しみから解放されたい。

「ついたぞ」

孤月丸《こげつまる》の声が聞こえたというより、声らしきものが頭の中で響いても、飛《とび》はなかなか実感が湧かなかった。

ミカドムカデは停《と》まっているようだ。それなのに、まだ動いているような、揺れているような感じがする。

あと、周りに建物があるわけでもない。ずっと前のほうに、少し黄色っぽい、青みがかってもいる靄《もや》か何かが立ちこめている。もしかして、あそこが人外町なのか。だったら、ここはどこなのか。見たところ、暗い洞窟の中だ。ヒトダマが漂っていない。ヒトダマがいないということは、魍魎窟《もうりょうくつ》じゃないのか。

とにもかくにも、飛たちはミカドムカデから降りた。

孤月丸と冒険者は、一足先に前方の人外町らしき場所へと向かっている。

「ところで、ぼうけんしゃよ」

「うん、何だ、孤月」

語らいながら並んで歩く二人は、少し前に会ったばかりとは思えない。すっかり仲よしになってしまったようだ。

「ばっこまるると、めんしきはあるか」

「跋扈丸《ばっこまる》。冒険者ギルドの創設者だよな」

「ばっこまるがギルドというそしきをつくったことは、わたしもしっている」

「会って話したことはある。一回だけだけどな」

「そうか」

「おまえたち、そういえば、なんか似てるな」

「にているだろうか」

「跋扈丸もおまえと同じくらいだったぞ。服も似てる。色違いじゃないか？　黄色かった。顔は違うな。ライオンみたいな」

「ばっこまるは、げんきでやっているのか」

「ぼくが会ったのはしばらく前だからな。でも、元気なんじゃないか」

「またあうことがあれば、よろしくつたえておいてほしい」

「わかった。会いに行けって言っといてやるよ」

「ばっこまるは、こないだろう……」

「じゃあ、引きずってでも連れてきてやる。会いたいんだろ？」

孤月丸は返事をしなかった。

この先には、少し黄色っぽい、青みがかってもいる靄のようなものが立ちこめている。こちら側とあちら側は分かれていて、孤月丸とミカドムカデはこちら側の住人なのだ。

「世話になった。またな！」

冒険者があっさりあちら側に行ってしまったから、飛《とび》たちもついてゆかないわけにはいかなかった。その前に、飛は一応、孤月丸《こげつまる》とミカドムカデに向かって頭を下げた。孤月丸は手を振ってくれた。

あちら側に出ると、もう魍魎窟《もうりょうくつ》の様子はまったくわからなかった。靄《もや》がかなり濃い。でも、数メートル先にいる冒険者と魔法使いはなんとか識別できる。

飛とバク、オルバーを左肩の上にのせた灰崎《はいざき》は、冒険者と魔法使いを追いかけた。やがて靄が薄らぐと、人外町の街並みがぼんやりと見えてきた。

薄らいだとはいえ、靄に溺れそうになりながら、飛たちは進んだ。

気がついたら、大きな通りに立っていた。

「メイン街……昭和通りか」

冒険者も驚いているようだ。

「こんなふうになってるとはな。どんなふうになってるのか、いまだにわからない。孤月丸に出会えなかったら、帰ってこられなかったかもな！」

「綱渡りにも程があるよ……」

灰崎はへたりこんだ。

「いい冒険だっただろ？」

冒険者は、んー、と一つ伸びをした。

「さて、次こそラスボス戦だ。その前に、一休みといくか」

バクが大きな右手でバシバシと腹を叩《たた》いた。

「べつに腹は減ってねえがなァ」

「そうはいっても、疲れはあるしねぇ……」

灰崎は見えない天井を仰いで、はあ、とため息をついた。

「いや」

飛が首を横に振ってみせると、灰崎が目をしばたたかせた。

「え……？」

「八目三口《はちめみくち》は、苦呑城《クードンジョウ》の地下二階で僕らを待ち構えてた。きっと、情報網みたいなのがあるんじゃないかな」

「それは……うん、その可能性はあるっていうより、そう考えるべきだと思う……けど」

「僕らが三毛骸人外町《みけむくろじんがいちょう》に舞い戻ったことも、八目三口はすぐに察知する」

「オオッ……！」

バクは右拳を左の掌《てのひら》にドシンッと打ちこんだ。

「そういうことかッ。何もヤツが悪巧みする余地をわざわざ与えてやることはねえ！」

「てことは――」

灰崎は顔を引きつらせて、東のほう、ヤミクロシティ方面を指さした。

「今からすぐ……？」

飛《とび》がうなずく前に、冒険者が笑いだした。

「くはっ……あっはっはっはっはっ……いいぞ！　いい！　冒険の神髄ってものがわかってきたみたいだな、トビ！」

そんなものは微塵《みじん》もわかっていないし、冒険者にオトギリトビじゃなくてトビとだけ呼ばれるのも少し違和感があった。でも、言いだしたのは飛だ。

「行こう、冒険者」

「連戦上等か」

冒険者は唇を舐《な》めた。

「いいだろう。このまま苦呑城《クードンジョウ》に乗りこむぞ」

++++ + ++++

キモスクに寄って、スマホとイヤホンの充電だけはした。満充電する必要はない。とりあえず数時間使えればいいので、キモスクには十五分も滞在しなかった。

冒険者一行はヤミクロシティへと急ぎ、苦呑城に突入して、地下一階B＋ONE《ビーワン》をほとんど駆け抜け、地下二階B＋TWO《ビートゥー》に足を踏み入れた。

前回とはまったく違うB＋TWOがそこにはあった。通路の先に広がる賭け試合場に、おそらく二、三百人の人外が集まっている。彼らはただ群がって馬鹿騒ぎしているのではなかった。中央に設けられたリングで、人外と人外が戦っている。喧嘩《けんか》じゃない。喰《く》らい合っている。リングを取り囲む人外たちは、どちらかの人外に肩入れして、声援を送ったり、罵声を浴びせたりしているのだ。

リングから少し離れたところに、高い台が造設されている。その台の上に椅子が何脚か置かれ、人外たちが座っていた。さしずめ特別席といったところか。

「侍武羅《じぶら》と目目《めめ》ちゃんだな」

冒険者が段平《だんびら》の柄を握った。椅子は三脚。真ん中は空席で、右の椅子に巨大な二つの目玉が特徴的な目目ちゃん、左の椅子にはシマウマみたいな黒白横縞《よこじま》がトレードマークの侍武羅が座っている。二人は襟付きの紫マントを着ているけれど、後ろに並ぶ五人の人外は空手着姿だ。頭数が足りていないが、彼らは新たな八目《はちめ》衆なのかもしれない。

リングでは賭け試合が続いている。決着がつきそうなのか。かなり盛り上がっている。そのせいか、誰も冒険者一行に注意を向けていない。好都合だ。冒険者一行は、賭け試合場を一周まではいかないけれど半周以上して、様子をうかがった。

「――八目三口《みくち》はいないいないか」

冒険者は少し迷っているようだ。

「らしくないね」

飛《とび》が言うと、冒険者は薄く笑った。

「たしかに。ぼくらしくないな。仕掛けるか」

「思うんだけど」

灰崎《はいざき》がそっと挙手した。

「侍武羅《じぶら》のほうはわからないけど、目目《めめ》ちゃんはいいところで逃げようとするんじゃないかな」

「ヤツが八目三口《はちめみくち》の居場所まで案内してくれるってわけだなァ？」

バクは舌舐《したな》めずりした。

「ヨッシャ。その手でいこうぜ」

飛は冒険者より早く駆けだした。なんだか好戦的というか、凶暴な気分になっている。弟切《おとぎり》飛はこんな人間だっただろうか。でも、飛の中に戸惑いはなかった。さっさとこの仕事を片づける。そして、地上に戻るのだ。

特別席の台は高さが二メートル以上あって、脚立型の梯子《はしご》が掛けられている。

「待て待て、飛ィッ――」

飛が梯子に足を掛けようとしたら、バクが割りこんできた。

「一番乗りはこのオレだ……ッ！」

ってしまった。

バクは梯子の二段目を右足で、四段目を左足で踏むと、そこから一気に台の上に跳び乗
「ひひぃん……!?」

「な、なななんでやんすかぁっ……!?」

「ギャハッ！　お礼参りだよ、バカヤロウども……ッ！」

バクはさっそく始めたようだ。飛が台に上がると、五人いた空手着姿の人外は、バクに叩《たた》き落とされたのか、もう二人しかいなかった。

「グォラゴラゴラゴラゴラァァァーッ……！」

バクは侍武羅を押し倒して馬乗りになり、パンチを浴びせまくっている。目目ちゃんは台の端っこだ。腰を落とし、構えている。

「ハチメ・カラーテイ……――」

正拳突きをバクに見舞うつもりだと思うより早く、飛の体が動いていた。

それにしても、このジャンプ、高すぎない？

我ながら呆《あき》れるというか、引くというか。まるで空を飛んでいるみたいだ。悪い気分じゃなかった。正直、ちょっと気持ちいい。

「っ……！」

飛は目目ちゃんの目玉と目玉の間くらいの箇所を、踏むようにして蹴りつけた。

「――ぼぇっ……」

目目《めめ》ちゃんはひっくり返って、そのまま台から落下した。飛《とび》が着地したのは、台の縁ぎりぎりのところだった。少しひやっとして、後ろで侍武羅《じぶら》がいなないたものだから、さらにどきっとした。

「ひぃぃいいいいん……！」

「――グッ……！」

バクが反撃されているのか。振り返ると、侍武羅は立ち上がっていて、バクは前屈《まえかが》みになっている。よくわからないが、侍武羅に撥《は》ねのけられ、どこかを蹴られたらしい。飛の後頭部が重く痺《しび》れている。ということは、頭を蹴られたのか。

侍武羅が右脚を高々と上げた。踵落《かかと》としだ。きっとあの右脚を振り下ろして、バクの後頭部にもう一発、踵を叩《たた》きこむ気だ。

「バッ――」

助けたいのは山々だけれど、間に合いそうにない。飛には無理だった。

でも、飛は一人じゃない。

「やらせるか……！」

侍武羅の頭上に灰崎《はいざき》がいる。もちろん突然そこに現れたわけじゃない。両脚がオルバーと一体化している。灰崎は跳び上がって、侍武羅の頭頂を蹴った。あれか。あの技だ。

「オォルバアアァァーッ……！」

侍武羅の頭頂を舞台にして、灰崎が踊る。複雑な振り付けじゃない。むしろ単調なダンスだ。両腕をV字に上げて高速ステップ。連続踏みつけだ。

「ぐべべべべべべべっ――」

あんなふうに踏まれたら、たまったものじゃない。侍武羅が倒れないのが不思議だ。あいう具合に頭を踏まれると、意外と倒れようにも倒れられないのか。

「――灰崎、もうオッケーだ……ッ！」

バクが上体を起こして叫ぶと、灰崎はやっと恐ろしいダンスをやめ、ついでとばかりに空手着姿の人外たちを二人とも特別席から蹴落とした。

「らぁっ……！」

「テメエはこれで――」

バクは侍武羅のやけに長い頭を両手で鷲掴《わしづか》みにした。

リングの人外たちが戦いを中断している。観客の多くも、今やリングじゃなくて特別席に注目していた。

「サヨナラだァァー……ッッ！」

バクは侍武羅をぶん投げた。身の丈二メートルもの巨体が宙に舞う様は、かなり迫力がある。飛も思わず息をのんで見入ってしまった。

侍武羅《じぶら》がゆったりと縦に回転しながら急な放物線のいちばん高いところに達して、そこから落ちてくる。

「いい演出だ、バク」

冒険者はその落下点で待ち構えていた。特別席に上がっていない。台の下だ。段平《だんびら》をだらりと下げて、悠然と立っている。

冒険者はとくに構えもせず、落ちてくる侍武羅めがけて無造作に段平を振り上げた。

たったそれだけで、侍武羅は物の見事に両断されてしまった。

「……じ、じ、じ、侍武羅さんがぁ……！」

目目《めめ》ちゃんも侍武羅の派手な最期《さいご》を目撃したようだ。

逃げる。こけつまろびつ、逃げてゆく。

「冒険者！」

飛《とび》が台の上から声をかけると、冒険者はうなずくなり魔法使いを従えて走りだした。

灰崎《はいざき》はオルバーの両脚で台から跳び上がった。飛とバクも梯子《はしご》を使わないで飛び降り、冒険者と魔法使いを追った。

賭け試合場は賭け試合どころじゃなくなって、混沌《こんとん》としている。でも、冒険者一行の行く手にあえて立ちふさがる人外はいない。それどころか、どの人外も我先に冒険者一行から遠ざかろうとしている。関わり合いになりたくないのだろう。

賭け試合場からは、階段に続く通路の他に三つの通路が延びている。目目ちゃんはそのうちの一つを目指しているようだ。前に来たとき、明かりがついていた通路とは違う。また別の通路だ。

「何事だァ──……！」

その通路から、やつが出てきた。

空手着の上に襟付きの紫マントを羽織っている。八つの目に、縦に裂けた口が三つ。目の上に穴がいくつもあいていて、毛髪は一本も生えていない。

八目《はちめ》三口《みくち》だ。

「あ、あにきぃ……！」

目目ちゃんが八目三口の足許《あしもと》に滑りこんで土下座した。

「すすすいやせん、あにきぃ！　侍武羅さんがやられちまいやしたぁ、あああああのしょしょしょ賞金稼ぎの連中がいきなりかちこんできやがりましてぇ……！」

「なァーにィイ──……」

八目三口のぎょろぎょろとあべこべに動く眼球は、すぐに冒険者と魔法使いを見つけたようだ。おそらく、やつの目はすでに飛とバク、灰崎も捉《とら》えている。

「あいつら、たまたまあにきぃがいねぇときを見計らって、ずりぃでやんすぅ……！」

目目ちゃんはバッと振り返りながら立ち上がって、正拳突きの構えをとった。

「べつに見計らったわけじゃないけどな」

冒険者が足を止めて、段平《だんびら》の切っ先を八目三口《はちめみくち》に向けた。目目《めめ》ちゃんなんか眼中にないと言わんばかりだ。

「えいくそぉ、おのれでやんすぅ！　ハチメ・カラーテイ、正拳突きぃ……！」

目目ちゃんが冒険者に突っこんだ。前は目にもとまらぬ速さだと感じたのに、今の飛《とび》にはしっかりと見えた。あんなものだっただろうか。目目ちゃんの正拳突きは、もっと速くて、やばい感じだったような。

当然のことながら、冒険者に通用するわけがない。冒険者は草か何かを払うように段平をしゅっと振っただけで、目目ちゃんを真っ二つにした。

「はぁれぇぇ……」

左肩から右腰までのラインで二つに斬り分けられた目目ちゃんは、涙を流してぶるぶる震えながら崩れ落ちた。

「にぃぃぃぇぇぇぇ……」

まだ泣いている。ちょっとうるさい。

「ふゥーむゥ――……」

八目三口は腕組みをした。肩を揺らしている。声を立てずに笑っているのだろうか。

「おもしれえ。そんじょそこらの賞金稼ぎたァ、ものが違うようだなァ――……」

「ぼくは賞金稼ぎじゃない。冒険者だ」

「そうかい。まさか、魍魎窟《もうりょうくつ》から戻ってきやがるとはァ――……」

「悪くなかったよ」

「ンン――……？」

「いい冒険ができたからな。感謝してるくらいだ」

「だァははァーッ――……！」

八目三口は高笑いをして組んでいた腕を解《ほど》いた。掌《てのひら》を上に向け、両手で手招きしてみせる。指がすごく太くて、数が多い。どちらの手も十本はありそうだ。

「相手してやろうじゃねえか。タイマンにこだわりはねえ。いっぺんにかかってきても、我輩は一向にかまわねえぜェ――……」

「ワガハイ野郎の分際で、言うじゃねえか……ッ」

バクが右腕をぶん回しながら進みでた。

「あるかどうかもわからねえテメエの鼻っ柱、このオレがへし折ってやる！」

「ちょっ、バク……」

「黙ってろ、飛ッ。受けて立つよなァッ!?　ワガハイ野郎ォ……ッ！」

「来いィ――……」

八目三口が左右の手を握りしめて、後ろにぐぐっと引いた。足は少ししか開いていないし、腰の位置は高いままだ。たぶん、何かの技を出そうとしている。でも、そのわりには締まりがないというか。やけに緩い感じだ。

飛《とび》は冒険者を見た。冒険者はバクを止めるつもりはないようだ。飛としても、心配ではあるけれど、バクを信じたい。飛がバクを信じないでどうするのか。

「気をつけろ、バク」

「わかってるって……ッ！」

バクは不用意に突っこんでいったりしなかった。左足を前に出して右足を下げ、体を斜めにして両膝を曲げる。手は握らずに開いたままで、左手が前、右手が後ろだ。八目三口《はちめみくち》よりもよほどしっかり身構えている。

八目三口も、バクも、動かない。そんなに長い間、じっとしているわけじゃないのに、見ている飛のほうが早くも焦《じ》れてきた。

でも、動くな、バク。なんとなく、先に動くのはよくない――ような気がする。バクに声をかけたい。でも、ここは黙って見守っていたほうがいいんじゃないか。

バクの肩が上下した。

その瞬間、八目三口がゆったりと歩きだした。緩慢な動作だと飛は思った。そう見えたのに、八目三口はあっという間に音もなくバクに肉薄した。

「ドッッ……!?」

　バクが十メートルくらい吹っ飛ばされ、さらに十メートル以上ごろんごろん床を転がって、ようやく止まった。気がつくと、飛は尻餅をついていた。鳩尾《みぞおち》から下の感覚がない。呼吸がちゃんとできない。

「ハチメ・カラーテイ。モロティー・ヅーキー――……」

　八目三口は左右の拳を前方に突きだした恰好《かっこう》で悠然と立っている。

「多少期待しちまったが、口ほどにもねえなァ、人外。がっかりだぜェ――……」

「……強いな」

　灰崎《はいざき》は、フウッ、と強く息を吐いた。

「冒険者！　みんなでかかろう！」

「慌てるな」

　冒険者は段平《だんびら》を軽く一振りした。

「次はぼくの番だ」

「ほォ――……」

　八目三口が冒険者に向き直った。そのときにはもう、冒険者は鋭く踏みこんでいた。

「必殺、八岐大蛇斬《スラストエイト》ォーッ……！」

　すさまじい速さで段平を振り回している。しかも、冒険者は立ち位置を小刻みに変えているようだ。冒険者が何人もいて、それぞれが八目三口に段平で斬りつけている。そんなふうにも見える。

八目三口《はちめみくち》も突っ立っているわけじゃない。左右に足を運んだり、体をよじったりして、段平《だんびら》をよけているようだ。完全に躱《かわ》しきれてはいないのか。空手着の上に羽織っている襟付きの紫マントが斬り裂かれている。

飛《とび》はなんとか下半身に力を入れて立ち上がった。

「——……ンナロォ……！」

バクも自力で起き上がった。

ダメージはある。でも、大丈夫だ。まだ足許《あしもと》がおぼつかないけれど、そのうち戻る。

「よく攻めつづけられる……！」

灰崎《はいざき》が言った。本当に、冒険者の体力はどうなっているのか。おそらく十秒以上、二十秒くらいは、息もつかせず段平を振るいつづけている。息もつかせず、というか、冒険者のほうが呼吸をしていないと思う。息を吸ったり吐いたりしながらでは、きっとあんなふうには動けない。

「あぁァ——……」

八目三口も異常だ。あちこちを斬られている。ただ、深手は負っていない。とんでもない身のこなしで冒険者の段平を回避しまくっているのだが、余裕のようなものを感じる。明らかに一杯一杯じゃない。

「いいねェ――……いいぞォ、いいィ――……くひひっ――……！」

「っ……！」

とうとう疲れが出たのか。冒険者が右上から斜めに振り下ろした斬撃は、飛の目から見ても何か変だった。遅いというより、鈍いというか、甘いというか。

八目三口もそう見てとったのだろう。よけなかった。

掴《つか》んだのだ。

十本指の両手で、段平を挟み止めた。

「ハチメ・カラーテイ、真剣白刃取りィ――……ひははっァ――……！」

「やれ」

冒険者は、声に出してそう言ったわけじゃないかもしれない。でも、飛には聞こえた。

やれ、と。冒険者は誰に言ったのか。

魔法使いだ。

いつの間にか、魔法使いは八目三口の真後ろに移動していた。冒険者が八目三口の注意を引きつけている間に、魔法使いは準備を進めていたのだ。頭上に八つの火球が浮かび、静電気みたいなもので繋《つな》がっている。それが八目三口めがけて飛んでゆく。

「オメガバーン……！」

究極魔法の名を口にしたのは、魔法使いじゃなくて飛だった。

「我輩はァ――……」

八目三口《はちめみくち》はまだ気づいていない。

そうじゃなかったのか。

「後ろにも目があるんだぜェ――……？」

「何っ……」

冒険者は八目三口の手から段平《だんびら》をもぎ取ろうとしている。けれども、八目三口は放そうとしない。静電気的なもので繋《つな》がった八つの火球を、そのまま食らった。八目三口はまったく躱《かわ》そうとしなかった。目が八つもあって、前だけじゃなく、横も、後ろまで見える。だから、そう、八目三口は見えていたはずなのだ。魔法使いの動きを察知していたのにもかかわらず、あえてなのか、オメガバーンをその身で受け止めた。

「おおおおぉぉォ――……！」

全身をぶるぶる震わせながらも、八目三口は両手で段平を挟んだまま放さない。

すでにずたずたになっていた襟付きの紫マントが弾《はじ》け飛んだ。

八つの眼球が四方八方にぐるぐるぐりぐりと回転する。

目の上の穴が開いたり閉じたりして、蒸気のようなものが噴出しはじめた。

八目三口の皮膚がぶつぶつと粟立《あわだ》っている。

あちこちがぼこぼこと出っぱったり、ぐいぐいと引っこんだりしている。

「大きく……なって……ない？」

飛《とび》は目を疑った。でも、気のせいじゃない。八目三口が大きくなった。もともとはそんなに大柄じゃなかったのだ。今は違う。大きい。すごく、大きい。空手着はぱんぱんだ。中身があんなに大きくなって、よくはちきれてしまわないものだ。

「いいぞォ――……」

八目三口はやっと段平を手放した。

冒険者はすぐさま飛び離れ、低い姿勢になって段平を肩に担ぐように構えた。

「……そろそろ本気を出そうってところか？」

「おまえらはうまそうだァ――……」

八目三口の縦に割れた三つの口から黄ばんだ粘液がだらだらと溢《あふ》れだした。

「我輩、おまえらを食うことにしたよォ。無能な子分どもも、ちゃんと育ったら食うつもりだったんだよォ――……だが、おまえらのほうがうまそうだからなァ。我輩はこれからおまえらを食うよォ。あのときほど腹一杯になることはねえだろうがァ――……とりあえず、おまえらを食わなきゃやってられねえ。我輩、おまえらを食いてえよォ――……」

「あのとき……」

灰崎《はいざき》が呟《つぶや》いて、唾をのみこんだ。

飛もとっさに考えた。――あのとき。腹一杯。

「主を食ったときか？」

冒険者が訊《き》くと、八目三口《はちめみくち》は三つの口から粘液を撒《ま》き散《ち》らしながら大笑いした。

「えっへへへへへはっ！　ひははははははははっ――……！　そうだよォ、うまかった、あれはじつにうまかった、うまかったんだよォ、うまかったァ――……我輩は、我輩の主を、ああァァ――……違っ、違う、食べたかったわけじゃない、食べたかったんだ、違う、食べたくなんかなかった、食べたかったんだ、じゃなけりゃあ食ったりしねえだろ、そうだろうよォ、なァ――……!?　食べたかったら食ったんだよォ、うまかったァ、あれはうまかったなァ――……うまくて、うまくて、うまくて、うまくてなァ――……もう一回、食いてえのに、もう無理なんだァ、我輩は主を食っちまったんだァ、主はもういねえんだ、我輩が食っちまったんだァ、食ってくれって、この世から消えちまいてえから、どうか食えって、頼むからおまえに食って欲しいって我輩の主がァ――……ああアッ、主はもういねえんだァ、どこにもいねえんだァ、我輩が食っちまったからよォォォ――……！」

三つの縦に割れた口だけじゃない。八つの目からも、その上の穴からも、粘液が垂れ流されている。

泣いているようにしか見えない。八目三口は号泣している。

「チッ……！」

バクが舌打ちをした。

「楽にしてやるぜ、クソッタレ……」

そうだ。外道だろうと何だろうと、こんな苦しみは見るに堪《た》えない。

せめて終わらせてやる。

「八目三口ィッ……！」

バクが八目三口に向かってゆく。自分の首に右の手刀をすっと当ててみせたのは、冒険者への合図だ。冒険者のことだから、それだけでわかってくれたと思う。

飛《とび》は灰崎《はいざき》に目配せをした。灰崎が理解しているのかどうか。飛にはわからない。でも、灰崎はうなずいてみせた。少なくとも、裏切ることだけは絶対にない人だ。地下の冒険だってともに潜《くぐ》り抜《ぬ》けた。灰崎とオルバーのことは信じられる。

「何を食ったんだか、何が食いてえんだか知らねえが、偉そうにベラベラとよォ……！」

バクは五メートルほどの距離をとって、八目三口と睨《にら》みあった。

「モロティー・ヅーキーとやらも、言うほどたいしたことなかったしなァッ！　オレはこのとおりピンピンしてるぜェッ、ヘナチョコワガハイ野郎がァ……ッッ！」

「ぬぇあはははァァァ――……ッッ！」

八目三口の巨体が舞った。おそらく現在の身長は二・五メートルを超えている。あれだけ体が大きく、重くもなっているはずなのに、まるでバレエダンサーのように軽やかな跳躍だった。胸にぶつかるほど右脚を高く上げている。

「カカトゥジゴォーク・オトォーシーィィィィィィ――……ッッッッッッ！」

「オオオッ……!?」

バクはたまらず左方向に身を投げだした。爆弾でも落ちたんじゃないのか。八目三口《はちめみくち》の踵落《かかと》としは、賭け試合場の床を半径五メートル程度にわたって木っ端微塵《こっぱみじん》にし、思いっきり陥没させた。バクはむしろ、よくもあれを回避できたものだ。でも、本当はよけるつもりじゃなかった。カカトゥジゴォーク・オトォーシーはいくらなんでもやばすぎて、よけるしかなかったのだ。

「ハチメ・カラーテイ――」

八目三口はもう空中にいる。カカトゥジゴォーク・オトォーシーで床を破砕した反動で跳び上がったのか。十本指の両手を握りしめ、腰の後ろまで引いている。八目三口の両拳は、十分に引き絞られた矢だ。それをバクめがけて放とうとしている。

飛《とび》はあえてバクの名を呼ばなかった。バクはカカトゥジゴォーク・オトォーシーから逃れてすぐ、体勢を立て直して、八目三口を待ち構えている。

「来いやァアー……ッッ！」

「モロティー・ヅーキーィィィィィィ――……ッッッッッッッッッッッ！」

八目三口が空から地上の獲物を狙う鷹《たか》みたいに急降下して、左右の拳を突きだした。バクはそれを胸のど真ん中で堂々と受け止めた。

「アアアアァァァアアアアァァァアアアァァアアァァァァァアアァ――」

「バク……ッ！」

その瞬間、飛はバクの背中に体当たりした。飛だけじゃない。

「くううぅぅあぁっ……!?」

下半身をオルバー化させた灰崎《はいざき》も、飛とスクラムを組んでバクを支えた。

八目三口のモロティー・ヅーキーをまともに食らったら、バクが破裂してしまうかもしれない。それが一番の懸念材料だった。いいや、バクは耐える。バクなら耐えられるはずだ。あとは、バクが吹っ飛ばされてしまわないように、飛と灰崎、オルバーが後ろからこうやって押し返す。

「オオオオオオオオオオオアアアアアアアアァァアアァァアアアアァァアアア……!?」

「――んん……っ!?」

だめなのか。飛と灰崎、オルバーごと、バクが押されている。踏んばりきれない。このままだと押し切られる。そのときだった。

「――ッ……！」

何ものかが飛と灰崎、オルバーを後ろから抱き止めた。魔法使いか。魔法使いだ。思いのほか力強い。飛と灰崎、オルバーのスクラムに魔法使いが加わったことで、押し返すことはできないとしても、なんとか踏みとどまれる。それで十分だった。

「必殺――」

冒険者が八目三口《はちめみくち》の背後を横切った。ただ駆けていったわけじゃない。跳びすぎていった、と言ったほうが正確だろうし、もちろん段平《だんびら》を一閃《いっせん》させた。

「これにてお別れ斬《サイナラ・ジ・エンド》……！」

「う――」

八目三口は振り向こうとしたようだ。その拍子に首から上がずれた。八つの目はまだぎろぎろ動き、三つの口がぱくぱく開いたり閉まったりしている。でも、それだけだった。八目三口の生首は胴体から離れて、床に転げ落ちた。

+++ + ++++

魔法使いが用意していたズタ袋みたいな大きな巾着袋に賞金首たちの体の一部を詰めてギルドに持ちこむと、冒険者は〆《しめ》て一億GENの賞金をゲットし、めでたくクエスト完了となった。八目三口はそうとうな問題人外だったようで、ギルド窓口担当のザポーンは大興奮してザポーンザポーン叫びまくっていた。

借りを返すと、冒険者は飛《とび》が何か言うまでもなく地上へと通じる連絡通路に連れていってくれた。

三毛骸人外町《みけむくろじんがいちょう》の連絡通路は、鹿奔宜《ろっぽんぎ》人外横町のそれとはだいぶ様相が違っていて、巨大なマンホールを横にしたような構造だった。あちこちに電球がぶら下がっているので、それなりに明るい。ぽつぽつではあるものの、人外の行き来もあった。

人外横町や人外町に住む主《あるじ》を持たない人外、ハグレの大半は、地上に出ようとはしない。彼らは皆もともと地上にいたし、そのときは主と一緒だった。しかし、彼らの主はもういない。主がいない地上に、彼らの居場所はない。

そうはいっても、地上と地下は無関係じゃない。繋《つな》がりはある。人外町や人外横町は地上なくして存在できないのだ。人外を持つ人間がいて、ときおり主を失った人外が生まれる限り、人外町や人外横町は必要だろう。

横向きの巨大マンホールはかなり長大だった。突き当たりは絶壁で、鉄梯子《はしご》が据え付けられており、その上には本物のマンホールみたいな穴が口をあけている。登っていけば、地上の三毛骸市内某所に出られるらしい。

「いやあ、でも、何から何まですっかりお世話になっちゃって」

灰崎《はいざき》が冒険者に握手を求めた。

冒険者は灰崎が差しだした手をちらっと見ただけで、握ろうとしない。

灰崎が気まずそうに手を引っこめようとしたら、魔法使いが握手に応じた。

「うん」

灰崎《はいざき》は途端に笑顔になった。

「魔法使い。きみにも助けられたよ。オルバーも、忘れないって言ってる」

灰崎の左肩の上で、オルバーが、きゅうん、というような鳴き声を発した。魔法使いはうなずいて灰崎の手を放した。

「ああ、そうだ」

冒険者がいきなり段平《だんびら》を抜いたので、飛《とび》は少し驚いた。

「オッ」

バクは右拳を左の掌《てのひら》にバシンと叩《たた》きつけた。

「最後にやっとくかァ？」

「それは次の機会にとっておくとしよう。今のおまえたちじゃ、まだぼくと魔法使いに及ばないからな」

「ンなの、実際やってみねえことには、わからねえぜ？」

「地上で用があるんだろ。これをやる」

冒険者は段平の剣身を横にし、飛に向かって差しだした。

「あれで貸し借りなしだと言いたいところだが、逆にちょっと借りを作った感じもする。そのままってのは気分が悪いからな」

「……え」

飛はとっさに首を横に振った。

「いらない」

「遠慮するな」

「や、遠慮とかじゃなくて。いいよ、べつに。剣とか、そんな。欲しくないし」

「えぇ……」

灰崎が、信じられない、という顔をした。

「欲しくないの？　弟切《おとぎり》くん、中二だよね？　剣は欲しいでしょ。欲しい年頃でしょ」

「いいから、もらっておけ」

冒険者がひょいと段平を放った。飛は本当に剣なんて欲しくなかったのだが、つい反射的にキャッチしてしまった。仰天した。

「なっ……これっ……えっ……？」

段平は片刃の剣だったはずだ。ところが、今、飛の手の中にあるのは、ひん曲がった鉄パイプのような物体だった。

「ど、どど、ど……？」

灰崎の視線が鉄パイプと冒険者の間で何回も行ったり来たりした。

「それ、えっ……ど、どういう……？」

「真の銘《めい》は、妖刀ハバキリ」

冒険者は満面に笑みを浮かべた。いたく満足げだ。

「言い伝えによると、昔々、地上に出てきた魍魎《もうりょう》の王アマボシオロチを、藤原何某《ふじわらのなにがし》とかいう武士だか何だかが討ちとった。そのとき使った刀だそうだ」

「……刀でも何でもないよ？」

飛《とび》はためしに鉄パイプを握ってみた。

やけにしっくりくる。

でも、鉄パイプだ。しかも、曲がっている。

「ハバキリは持ち主に応じて姿を変えるのさ」

冒険者は飛の肩に手を置いた。

「トビ、今のおまえには、それくらいがお似合いってことだ」

「……やっぱいらない」

飛が冒険者に鉄パイプを突っ返そうとしたら、バクにひったくられた。

バクが持っても、妖刀ハバキリはひん曲がった鉄パイプのままだ。飛とバクは一心同体なのだから、それはそうか。

「邪魔だったら、オレの中にしまっときゃいいだろ。何かのときに使えるかもしれねえ」

「……けど、冒険者は？　冒険者なんだし。冒険するのに、剣はあったほうが」

「心配無用だ」

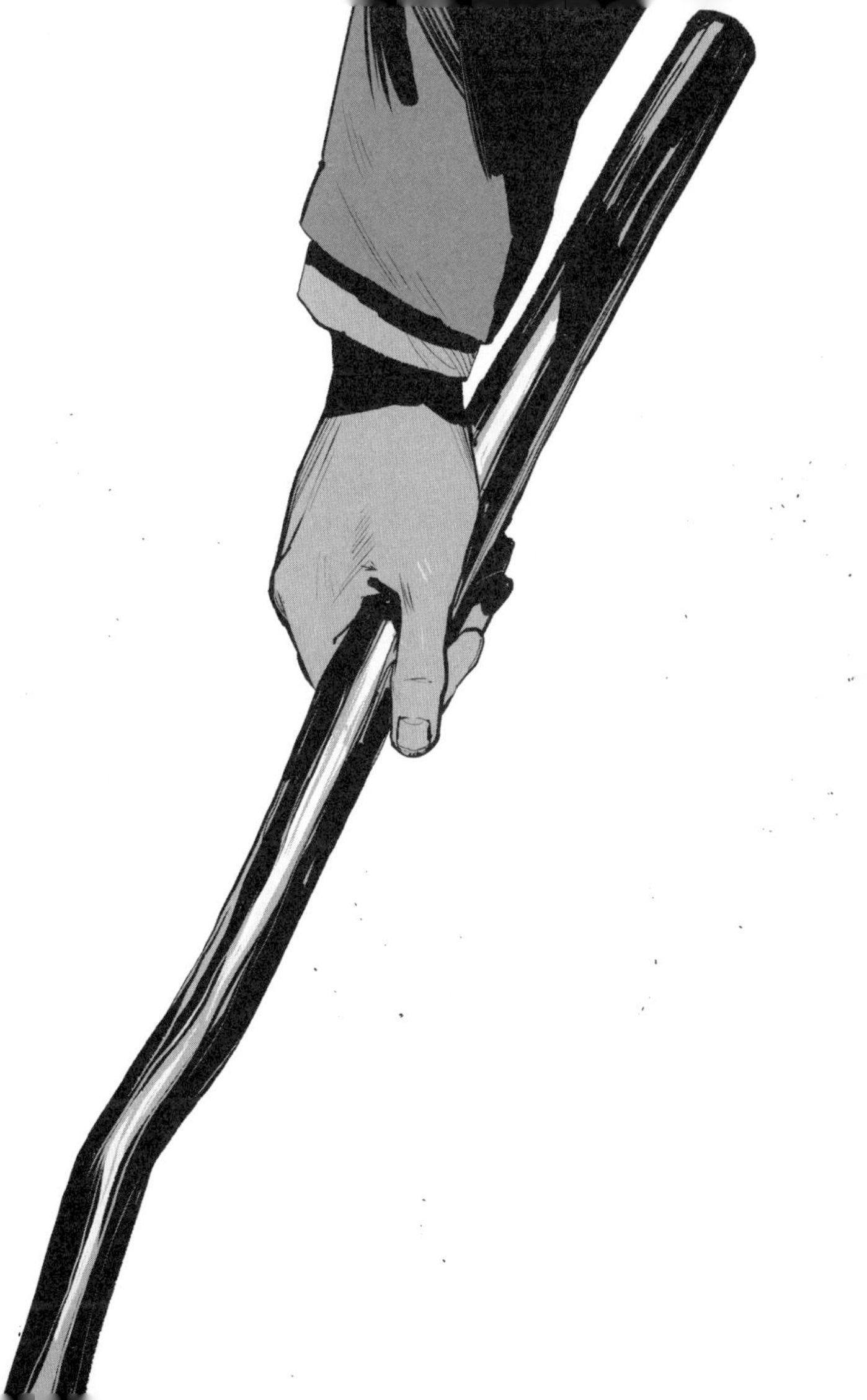

冒険者は肩をすくめてみせた。

「ぼくは伝説の武器を他にもいくつか持ってる。またな」

「あ……うん」

まさかそれが別れの挨拶だとは思いもよらなかった。

冒険者はマントをひるがえした。嘘《うそ》みたいにすたすたと来た道を引き返してゆく。魔法使いも同じだ。振り向きもしない。

飛《とび》たちはたっぷり五秒間くらい呆気《あっけ》にとられて棒立ちになっていた。手を振っても、見ていないから無意味だ。声をかけようとも思ったけれど、たぶんその必要はないだろう。

「バク」

「オウッ」

飛はバックパックになったバクを肩に掛けた。ひん曲がった鉄パイプでしかない妖刀ハバキリは、バクのファスナーみたいな口を開けて中に突っこんでおいた。

首にオルバーを巻きつけた灰崎《はいざき》が先に、そのあとに飛が続いて、鉄梯子《はしご》を登った。マンホールの出口には蓋がしてあったが、レバーを回して押し開けることができた。

出ると、そこはビルとビルに挟まれた路地の奥だった。マンホールの蓋には、三毛骸人《みけむくろじん》外町《がいちょう》、と刻印されている。ずいぶんわかりやすいが、人外視者にしか見えないし、さわることもできないはずだ。

「そうだ。弟切《おとぎり》くん、スマホは？」

灰崎に言われて、飛はスマホを出した。バッテリーはわずかだが残っている。ここはどこなのか。正確にはわからないけれど、とにかく圏内だ。アンテナが立っている。

「ハイエナに――」

飛は電話をかける前に、灰崎を見た。

「灰崎さんが話す？」

「あ、いや……」

灰崎は顔を引きつらせて首を振った。

「いいよ。なんか、怒られそうな……じゃなくて、まずはほら、弟切くんの――ヒタキの声を聞かせたほうが、安心するんじゃないかな。あの人きっと、そうとう心配しまくってるはずだから」

「灰崎さんのことも心配してると思うけど……」

ハイエナはすぐに出た。

『あぁぁ!?　おい、ヒタキなのか……!?』

「そう。だけど……声、おっきい……」

『無事だったのか！　そいつはよかった……よかった……』

「灰崎さん――カワウソも一緒だよ」

『……そうか。あいつ。まったく、悪運が強い……』

「今、三毛骸《みけむくろ》っていうところのどこかにいて。このあと位置情報を送るから、迎えに来てもらえない？」

『三毛骸だな。わかった。すぐワラビーを向かわせる』

「お願い。あと、そっちはどう？」

『……詳しいことはあとで説明するが、こっちはこっちでなかなか大変だ』

「ええと……学校？」

『ああ。選抜クラスがな――』

「うん」

『閉鎖された』

To be continued.

ファンレター、作品のご感想をお待ちしています

あて先

〒102-0071　東京都千代田区富士見2-13-12
株式会社KADOKAWA　MF文庫J編集部気付
「Eve先生」係　「十文字青先生」係　「lack先生」係

MF文庫J

いのちの食べ方 5

2024年 6月25日　初版発行
2024年12月10日　再版発行

原作・プロデュース　Eve

著者　十文字青

発行者　山下直久

発行　株式会社 KADOKAWA
〒102-8177 東京都千代田区富士見2-13-3
0570-002-301（ナビダイヤル）

印刷　株式会社広済堂ネクスト

製本　株式会社広済堂ネクスト

Printed in Japan　ISBN 978-4-04-683541-3 C0193

◇◇◇

いのちの
食べ方
漫画：ゆとと
原作：十文字青
原作・プロデュース：Eve
キャラクター原案：まりやす、Waboku、lack

〈第21回〉MF文庫Jライトノベル新人賞

MF文庫Jライトノベル新人賞は、10代の読者が心から楽しめる、オリジナリティ溢れるフレッシュなエンターテインメント作品を募集しています！ ファンタジー、SF、ミステリー、恋愛、歴史、ホラーほかジャンルを問いません。
年に4回締切があるから、時期を気にせず投稿できて、すぐに結果がわかる！ しかもWebからお手軽に投稿できて、さらには全員に評価シートもお送りしています！

イラスト：アルセチカ

通期

大賞
【正賞の楯と副賞 300万円】

最優秀賞
【正賞の楯と副賞 100万円】

優秀賞【正賞の楯と副賞 50万円】

佳作【正賞の楯と副賞 10万円】

各期ごと

チャレンジ賞
【活動支援費として合計6万円】

※チャレンジ賞は、投稿者支援の賞です

選考スケジュール

■第一期予備審査
【締切】2024年 6月30日
【発表】2024年10月25日ごろ

■第二期予備審査
【締切】2024年 9月30日
【発表】2025年 1月25日ごろ

■第三期予備審査
【締切】2024年12月31日
【発表】2025年 4月25日ごろ

■第四期予備審査
【締切】2025年 3月31日
【発表】2025年 7月25日ごろ

■最終審査結果
【発表】2025年 8月25日ごろ

MF文庫J
ライトノベル新人賞の
ココがすごい!

年4回の締切!
だからいつでも送れて、
すぐに結果がわかる!

応募者全員に
評価シート送付!
執筆に活かせる!

投稿がカンタンな
Web応募にて
受付!

チャレンジ賞の
認定者は、
担当編集がついて
直接指導!
希望者は編集部へ
ご招待!

新人賞投稿者を
応援する
『チャレンジ賞』
がある!

詳しくは、
MF文庫Jライトノベル新人賞
公式ページをご覧ください!
https://mfbunkoj.jp/rookie/award/